【健康】チートでダメージ無効の俺、
辺境を開拓しながら
のんびりスローライフする
1
Bandou Taro
坂東太郎

Characters
クルト
アビー

ベル
コウタ
カーク

「よっしゃあ!
成功だぁあ!」
コウタ、
空から女の子が!

contents

プロローグ

古びたアパートの一室で、一人の男がもぞもぞ動き出す。
アラームはない。
男が決まった時間に起きて出勤する暮らしをしなくなって、もう二年ほど経《た》つ。
ベッドの中で伸びをして上体を起こす。
枕元のスマホを見て時間を確かめる。
「んんー、もう朝……いや、昼か」
手のひらで目をこすって、男はベッドから下りた。
キッチンで顔を洗う。
男が住む都内の安いワンルームに、独立洗面台という洒落《しゃれ》たモノはない。
「今日こそ散歩に……やっぱやめとこう」
ポツリとつぶやいて外出を断念する。
西山康太《にしやまこうた》、二八歳。
中肉中背で覇気のない顔つきの、ありふれた男である。
二年ほど前に仕事を辞めてから、康太はほとんどの時間を部屋の中で過ごしている。
一定期間の失業給付金と、貯《た》めてきた貯金を食い潰《つぶ》す日々だ。
それでも生きてこられたのは家賃が安いおかげでもある。
そんな暮らしでも、辞めた当初は不安を感じなかった。

いや、不安を感じられる状況ではなかった。

なにしろ、ある日、突然動けなくなったので。

身体的に問題があったわけではない。

単に動けなくなったのだ。

鬱《うつ》である。

人付き合いが苦手な康太は、ハードな営業職をこなすうち、知らずストレスを溜《た》めていたらしい。

マンション営業は過酷なのだ。

営業で飛び込んだ先でも職場でも、康太は言われたことを受け止めすぎてしまったのだろう。

買い手のニーズやお財布事情を真面目に考える康太は、たいした数字を残せなかった。顧客からの評判はよかったし、数少ない顧客には結果を喜ばれていたが。

康太にとって不幸なことに、勤務先はキレイな営業だけでは「結果」が出ないタイプのところだった。限りなくブラックに近いダークグレー企業である。

康太はキッチンのシンクの前に立ち、ヒゲを剃《そ》ってからわしゃわしゃ歯を磨く。

こうして陽のあるうちに起きて、ヒゲを剃って顔を洗って歯を磨いて、いちおう外に出られる服に着替えるようになったのはここ一年のことだ。

辞めた直後は漫然と日々を過ごしていた。

薄暗い部屋で、動く気力もなく、通販で届いた保存食を食べて、ただ生きていくだけの。

「さて、今日もいるかな」

小皿とザルにシリアルを入れて、康太はベッド横の窓を開ける。

庭に出る。

康太が暮らす一階のワンルームには小さな庭がついていた。

ガーデニング用ではない。

洗濯機を置く場所であり、洗濯物を干すスペースだ。

ちなみに二メートルほどの高さのブロック塀で、敷地の外は見えない。

洗濯機の横にある丸イスに腰掛ける康太。

小皿のシリアルには牛乳をかける。康太が食べる用だ。

もう一つ、ザルのシリアルは、フタを閉めた洗濯機の上に置いた。

「おー、今日も来た。カークはほんと頭いいなあ」

すぐに、小さな黒い影が飛んでくる。

まるで、エサを持って出てくる康太を待っていたかのように。

カラスである。

ここ最近で唯一、康太が話す相手である。

康太はカラスにエサをあげるのを日課にしていた。近所迷惑なことに。良い子は真似しちゃいけない。

「カアー」

「おはようカーク。昼だからこんにちは、かな?」

目を合わせてひと鳴きすると、カラスはシリアルをぽりぽりついばみだした。

康太の言葉を無視した、のではない。

しつこく鳴き続けて近所からクレームが入ったら、二度とエサにありつけなくなるとわかっているのだろう。待機場所は人目を避けて、エサをもらう時もこっそりと。できるカラスである。賢い。

「カークにエサをあげはじめてちょうど一年か。ありがとな。独りじゃない気がして、少しまともになってきたと思う」

カラス――カークをちらちら横目で見ながら語り出す康太。

奇妙な関係が一年続いても、康太がカークに手を伸ばすことはない。

たがいの距離感を大切にしているのか、あるいは拒否されてまた独りに戻ることが怖いのか。

康太が、カークに触れることはなかった。

今日、この時までは。

「おわっ!?　なんだ!?」

ブロック塀の向こうから、ガシャッ！　と大きな音が聞こえてくる。

音は大小を交えながら連続して聞こえた。

なんだ、と言いながらも、康太は気づいた。

交通事故だ。

アパート横の細い道路は渋滞回避の抜け道となっていて交通量も多く、ときどきこうして事故が起こっていた。

都内で、庭付きアパートなのに家賃が安い理由の一つだ。

そして――

「うわっ！」

——家賃が安い、最大の理由。

不動産屋から説明を受けた康太が「そんなの万に一つだろ」と、無視して入居を決めたリスク。

それは、事故の多い道なのにアパートは古びたブロック塀だけで、庭や一階の部屋に車が飛び込んでくるかもしれない、ことである。

普通に考えたらそんなことを説明されても無視するだろう。丁字路のどん詰まりなら避けるかもしれないけれども。

実際、アパートが建ってから四〇年間、そのような事故で死者が出たことはなかった。ブロック塀が壊れたことはあったそうだが。

「カアーッ！」

「危ないカーク!!」

ブロック塀が崩れるのを見て、康太がカークに飛びついた。

外に背を向けてカークをかばう。

初めて触れたカラスの毛は滑らかだ。

康太の悲鳴もカークの雄叫《おたけ》びも衝突音が呑《の》み込む。

一人と一羽は、アパートが建って以来四〇年で初めての交通事故被害者となり——

――初めての事故死者となった。

××××××

「え？　何これ？　え？　あれ、俺、事故ったはずで」

康太のつぶやきが何もない空間に消えていく。

返事はない。

きょろきょろと周囲を見まわしても、白いばかりで何もない。

床と壁、天井の境界もあいまいだ。

ブロック塀を突き破って飛び込んできた車のことを思い出したのか、康太はパタパタと自分の体を確かめる。

手は動く。

怪我《けが》はない。

服も着ている。

「夢かなあ。現実の俺は意識がない、とか？」

顎《あご》に手を当てて軽く首をかしげるも、二八歳の男がやったところでかわいくない。

まあかわいらしさアピールでも「あざとカワイイ」を狙ったのでもないだろうが。

「いいえ、夢でも、意識をなくしたわけでもありません」

「は？　え、誰もいなかったのにどこから」

白いばかりの空間に、一人の女性が現れた。

周囲には誰もいなかったはずなのに、康太の目の前に、唐突に。

ウェーブがかった金髪で、白いトーガをまとい、穏やかな微笑《ほほえ》みを浮かべている。

「西山康太さん。貴方《あなた》は死にました」

「はあ。…………はあ？」

なんとなく頷《うなず》いて、遅れて意味を理解したのだろう。

康太はポカンと口を開ける。ふたたび首をかしげる。

「複数の車が絡んだ複合事故でした。右折待ちの車が背後から追突されて押し出され、直進車の側面に衝突し——」

「いえ、事故の詳細が聞きたかったわけじゃなくてですね。俺、死んだんですか？」

「はい」

「じゃあここは」

「死後、輪廻《りんね》を待つ魂が至る場です」

「はあ。それじゃあなたは、神様？　あ、閻魔《えんま》様ってセンも」

「宗教によって呼び名はさまざまです。次の生への案内役だと理解していただければそれでよいかと」

「はあ。…………はあ？」

なんとなく話してはいるものの、康太の首の傾きは戻らない。

そういえば他人と話すのはひさしぶりなのに、いちおう会話できている。

まして女性と話すなど、ほぼ二年ぶりなのに。

康太が疑問を抱くことはない。不思議なことに。まるで思考が制限されているかのように。

「案内役、ですか？　じゃあその、ひょっとして異世界転生ってヤツで」

「『康太さんが生きてきた世界と異なる世界に転生する』という意味では異世界転生と言えるでしょう。ただ、輪廻転生《りんねてんせい》と言った方が通じるかと」

「はあ。輪廻転生。死んだら生まれ変わる、でしたっけ？」

「そうです。前世の記憶はなく、また次の場所で、次の生へ」

「あーなるほど。異世界転生ですけど異世界転生じゃないんですね。あれ、輪廻ってたしか生き方次第で虫や動物に生まれ変わることもあるって聞いたような」

うろ覚えの知識を口にする康太。

案内役だと名乗った女性は応えずに微笑みを浮かべるだけだ。

「あの、俺、次は虫ですか？」

「いいえ、康太さんは次の生も『人』ですよ」

「でも俺、たいしたことしてないような……仕事もあんな辞め方したし、ここのところダラダラしてるだけで」

「人を害することなく善意を以《も》って生きる。それができない人も多いのです」

「はあ、その、あんまり納得いきませんけど……」

「記憶はなくなります。けれど、康太さんが次に生きる世界では加護により些少《さしょう》の優遇ができます。望みはありますか？」

「優遇、ですか？　望み、俺の望み……」

「すべてを叶《かな》えられるわけではありません。もっとも、そういうことを言い出す方にこの質問をすることはないのですけれど」

わずかに眉を寄せて女性が小さく首を振る。

康太は静かに考え込んで、やがて口を開いた。

「俺の望みは、健康で穏やかな暮らしです」

「それだけでいいのですか？　たいした加護はつけられませんが、もう少し優遇できますよ？」

「健康で、穏やかに生きていけたらそれで充分です。あとは次の俺、いや俺じゃないのかな？　とにかく、次の人生でがんばることだと思います」

「……わかりました。では、康太さんに【健康】を」

女性が手のひらを向ける。

白い空間の上方から、康太に光が降り注ぐ。

康太は手を広げて、すうっと体に溶け込んでいく光を不思議そうに眺めていた。

やがて光は止《や》む。

白い空間の光量が徐々に落ちていく。

「これで終了です。では康太さん、【健康】を以《も》って善《よ》き来世を」

「ありがとうございます。今度は健康で長生きして、親不孝しないようにしたいと思います」

案内役の女性と康太が挨拶を交わす。

光量はさらに落ちて康太の体がうっすらと霞《かす》んでいき――

「えー!?　それじゃ面白くないよ！」

——男の子の声が、薄暗くなった空間に響いた。

「あそこは固まっちゃってるからね、もっとかき乱さなくちゃ！」

「あっ、ちょっ！　ダメです康太さんの望みは」

「えーっと、記憶はアリで！　どうせ【健康】なんだからもっと過酷な場所に！　これでよしっと。じゃあがんばってねー！」

薄れていく康太に、さっと形をとって現れた男の子がニコニコ笑って手を振る。

康太は何か喋《しゃべ》っているようだが声は届かない。

現れた時と同じように、男児は一瞬で消えた。

「これは、正せませんね。ならばせめて、康太さんが望んだ【健康】に最大限の加護を。穏やかな暮らしのためにあの場所も少々いじって、あとは——」

案内役の女性が何度か手を輝かせる。

ブツブツつぶやく女性の前を、小さな光がふっと横切った。

「貴方がいましたね。では貴方にも加護を。【健康】と穏やかな暮らしを望んだだけなのに、神の稚気で弄《もてあそ》ばれた康太さんに導きを」

小さな光が頷くように上下に揺れて、ゆっくりとぼやけていった。

何もない白い空間から消えた康太と同じように。

今度こそ、白い空間には案内役の女性一人のみが残された。
トーガを揺らして、女性が手を組む。
祈る。
「巡る魂よ、望んだ生を送れますように」
康太と小さな光に、祈りは届くのか。
神たる女性も、答えを知らない。

第一章　元社畜で半引きこもりのニート、異世界で目覚める

【1】

一人の男がもぞもぞ動き出す。
アラームはない。
目をつぶったまま伸びをすると、手にコツッと硬い感触があった。
目を開ける。
射《さ》し込む陽光がまぶしくて、男は目を細める。
「んんー、もう朝……いや、昼、えっ!?」
光に慣れた目が映す光景に、男は呆然《ぼうぜん》とした。
横たわった場所はやわらかな土で、射し込む光で内側の木肌が見える。
いまいるのは木のウロの中らしい。
だが、男が戸惑ったのはなぜか木のウロにいるから、ではない。
射し込む光の向こう、木のウロの外の光景。
小さな湖と新緑の木々を、男は呆然と見つめていた。
「あ、そっか、俺は死んで、それで生まれ変わるって……はあっ!?」
死ぬまでの記憶があるし、死んで案内役と話したことをうっすら覚えている。
記憶はなくなって、『異世界』で新たな生を迎えるはずだったことも覚えている。

コウタは自分の手を見つめる。

傷も汚れもない。

自分の手にしてはキレイすぎる気がする。

パタパタと髪や体に触れる。

どこが変わったと言い切れないけど、少し変わってる気がする。

「あ、あれ？　なんか違ってる？　けど俺は俺のまま？」

首をかしげる。

二八歳のおっさんがやったところでかわいくない、のはいいとして。

考えても仕方ないと、コウタはのそのそと木のウロから這《は》い出た。

すぐ目の前にあるのは小さな湖だ。

対岸まで三〇メートルはあるだろうか。

水はそのまま飲めそうなほど澄んでいる。

人の気配はない。

振り返る。

コウタが寝ていたらしい木のウロは、大木の根元にあった。

歳を重ねた大きく太い木に稀《まれ》に存在する、根元のウロである。

風で入り込んだのか、ウロの下部は柔らかな土に覆《おお》われていた。コウタが呑気《のんき》に寝ていられた理由だ。

木はコウタが両手を広げても抱えられないほど、それどころか二、三人で手を広げてもたがいの手が届かないほど太い。

日本なら御神木に祀《まつ》り上げられそうな巨木だ。

見上げる。

大木ははるか頭上で枝を伸ばし、青々とした葉をつけていた。わずかに果実もなっている。

人の気配はない。

「いやほんとなんだこれ。あ、おはようカーク」

「カアー！」

いつものごとく飛んできたカラスに一声かけるコウタ。

カラス——カークは、ばっさばっさと羽を鳴らして、地面をぴょんぴょん飛びはねる。「おはよう」じゃねえって！　あっさり受け入れんな！　とばかりに。コウタには通じない。

「お腹空《す》いたかな？　何か食べる、っていつものシリアルはないよなあ」

「カァ」

気の抜けたコウタの発言にへにょっと頭を下げるカラス。ツッコミを諦めたようだ。賢い。

「なんで女神様と話した時はカークのことが思い浮かばなかったんだろうなあ。とにかく、カークが無事でよかった！」

「カ、カア」

コウタがしゃがんで、カークの背に手を伸ばす。

そっと撫《な》でる。

カラスは飛べるのに、とっさに覆いかぶさったせいでカークを事故に巻き込んだのかもしれない。

コウタには後悔があったのだろう。

こうしてふたたび出会えたことが嬉《うれ》しくて、コウタは涙ぐんでいた。

カークはされるがままだ。照れてるのか。

「あれ？　カーク、なんか大きくなってない？　それに足が三本？　一本はなんか透けてるような」

「カアーッ！」

そこは触らせねえよ、とばかりにカークがぴょんと飛びはねる。

ちょっと離れた場所からカアカアわめくカークをじっと眺めるコウタ。

カークの体はふた回りほど大きくなっている。

二本の足でがっしりと地面を掴《つか》み、足の付け根の間に生えた三本目の足をコウタに向ける。

羽も広げて、威嚇しているつもりなのだろう。

「まあ、うん、とにかく無事でよかった」

無事ならそれでいいらしい。

大きくなったことも三本目の足もどうでもいいらしい。

姿形が変わっても、コウタはカラスが別個体ではなくカークであることを理解していた。

本質？か魂？を見抜いたのか、あるいは案内役のサポートか。

「さて……ここ、どこなんだろ。体はちょっと変わってるみたいだけど記憶はある。けど大人なわけで、輪廻転生《りんねてんせい》とは言わないよなあ。あの男の子みたいな神様が何かしたのかな」

再会の喜びが落ち着いたのか、コウタは立ち上がる。

ぐるりとあたりを見渡してみる。

小さな湖、ほとりに立つ巨木と根元のウロ。

湖と木の周囲には森が広がり、その奥には山々が連なっている。

「どこかの盆地っぽい。でも俺は死んだわけで。……違う世界に転生するはずが、転移になっちゃった？　けど着てる服も違うし」

起きた時と同じようにパタパタと手を動かすコウタ。

全裸ではない。

ちょっとごわごわしたズボンと、頭からすっぽりかぶるタイプのシャツを着ている。

シャツは頭を通しやすいように胸元まで切れ込みが入り、紐《ひも》で調節できるようになっていた。

シンプルだが丈夫そうな、ファンタジー世界の村人っぽい服装である。

靴は皮で縛るタイプで、木の靴底のサンダルだ。

コウタの足元でおとなしくしているカークは全裸だった。カラスなので。

「家も人里も見えない。道もないし、最悪一人でしばらく生きてかないといけないかも、かあ」

「カア！　カァ？」

「ああ、一人じゃない、カークがいたね」

そう言って、コウタはわずかに微笑《ほほえ》んだ。

飛んで見てこようか？　と鳴いたカークの意図はコウタに通じない。

「けど、水に困ることはなさそうだ。寝場所は木のウロがあるし……あとはトイレと食べ物を確保できれば……あれ、食べられるかな？」

コウタが見上げる。

大木の枝の先には果実がなっていた。

風に揺れて、果実が一つぽとりと落ちる。

まるで、タイミングを見計らったかのように。

素早く反応したカークが飛び出して、さっと三本目の足で果実を掴む。

残る二本の足で着地する。

にゅっと足を伸ばしてコウタに果実を差し出す。

「カアー！」

「お、おう、すごいなカーク。ありがとう」

狩人の一面を見て、コウタはちょっと引き気味である。

あるいは、カラスには存在しないはずの三本の足に戸惑っているのだろうか。

「食べれるかなあ。けど【健康】はもらえたはずだし……」

しゃがんで受け取った果実を前に、コウタはブツブツつぶやいて悩む。

見知らぬ土地で、謎生物と化した友達からもらった、正体不明の果実である。ためらうのも当然だろう。

「いただきます」

だが、コウタは果実にかぶりついた。

目の前に湖があるのに、洗うこともなくそのまま。

「あ、美味《おい》しい」

「カアー！」

いつの間にか、カークも自分で採ってきた果実をついばんでいる。

美味しいらしい。

「これならなんとかなりそうかな、うん」

「カ、カア？」

水、食料、寝床。

それだけで、コウタはやっていける気がしたらしい。

カークはマジで？　とばかりにぎょっとしている。

「女神様の話とはちょっと違うけど……でも、ありがとうございます。俺とカーク、二人で、【健康】で穏やかな暮らしを送れるように、がんばっていきます」

コウタは大木に一礼する。

足元のカークもひょこっと首を下げる。

見渡す限り誰もいない盆地で。

一人と一羽の、異世界生活がはじまる。


「ふう、さっぱりした。……やっぱりちょっと変わってる、かな？」

木のウロで目を覚ましたコウタは、すぐそこの湖までやってきた。

サンダルなことを幸いに水辺に足を突っ込んで、素手で水をすくって顔を洗う。

水面に映る自分の顔に首をかしげる。

なんとなく、キリッとした顔になった気がするようだ。

「【健康】をもらって、心も体も健康になった、とか？」

「カア！」

自問したところで答えはない。

威勢よく鳴いたカラス——カークの答えはコウタには通じない。

「まあ、うん。考えてもわからないことは考えないようにしよう」

問題の先送りである。

これができれば、会社員時代ももう少しラクに生きていけたかもしれない。現代社会は「真面目な人間」は生きにくいものだ。つらい。

「それよりも、これが飲めるかどうかだよなあ。【健康】。【健康】をもらったんだし大丈夫なはずだ」

「カア？　カアー！」

ふたたびすくった水をじっと見つめるコウタ。

さっきは顔を洗っただけで、今度は飲めるかどうか試してみるらしい。

大丈夫だ、と何度も自分に言い聞かせている。せめて煮沸しないのか。火をおこすのは大変だろうが。

コウタから少し離れた場所で行水していたカークは、一足先にくちばしを水に突っ込んだ。

イケるっぽいぞ！　と鳴いてるようだがコウタは無視だ。異世界に転生しても、人とカラスの意思疎通は難しいようだ。当然か。

「うん、大丈夫そう。水もあるし、食料はとりあえず果実がある。寝床は木のウロがある。【健康】なんだしこれならなんとかなる、といいなあ」

起きたら身一つと友達のカラスだけで、人の気配のない盆地にいた。

それでも、コウタはどこか楽観的に「なんとかなる」と思っているようだ。【健康】になってこれまでの悲観や無気力と決別したのか。

「よし。今日はいろいろ探してみよう。人とか食料とか、使えそうな道具？　植物？　とか」

「ガァ？」

いつの間にか大木の枝に移動していたカークが小首をかしげる。

コウタが目をやると、プリッと排泄物《はいせつぶつ》を落とす。

ちゃんと水場から離れて、コウタに運をつけることなく排泄してえらい、ではなく。

「ああそっか、トイレも考えないと。穴を掘って草で拭くとか？……慣れ、慣れればいけるはずだ。いける、といいなあ」

遠い目をするコウタ。

ニンゲンは大変だな、と言わんばかりにカークが気の抜けた声でカァと鳴く。

盆地の空は青く、遠く山々は雄大だった。

木の枝を手に、コウタが森を歩く。

カークは先行して木から木へ飛びまわっている。

小さな湖とウロのある大木から離れて、一人と一羽は探索をはじめていた。

「この辺はなんか雰囲気が違うなあ。木が灰色がかってる？」

「カアー」

湖周辺の木々は目に鮮やかな新緑だったが、一時間も歩くと景色は変わった。

葉も幹も、まるで色あせたようにグレイがかっている。

コウタは足を止めて、きょろきょろとあたりを見渡した。

後方、歩いてきた獣道《けものみち》の奥は色鮮やかだ。

向きを戻して木々の隙間《すきま》から前方を見ると、森は徐々に色あせていく。

さらに遠くは、灰色を通り越して黒っぽくなっている。

「……今日は奥に行くのをやめてここまでにしようか。あの黒い森はなんか嫌な感じがする」

「ガァッ」

遠出を諦めたコウタの言葉に、同意するように力強く鳴くカーク。

コウタがくるりと振り返り、先行していたカークが羽を広げて向きを変える。

見慣れない場所の探索をやめて戻ろうと、一人と一羽の気が緩んだ、その時。

「う、うわあっ！」

「ガアーッ！」

コウタを、黒い影が襲った。

反射的にコウタが手を出す。

逆方向にいたカークは間に合わない。

ガッと衝撃を受けてコウタが吹っ飛ぶ——————ことはなかった。

「わぁぁぁあああ、あ？　あれ？」

目にも留まらない勢いで突っ込んできた黒い影は、コウタが反射的に出した手で止まっている。

コウタがまじまじと観察する余裕さえある。
黒い影は、真っ黒な鹿だった。
体高はコウタの腰までで、サイズはそれほど大きくない。
大きさだけで言えば、奈良あたりにいるニホンジカと同じぐらいだろう。
色と、ツノを除けば。
とっさに出したコウタの手は、真っ黒な鹿のツノを掴んでいた。
剣のように鋭いツノを。
黒い鹿の通り道にあった木の幹には傷が残っている。
突進してくる時に、枝分かれした大きなツノの一部が当たったのだろう。
ツノは硬い木を切り裂くほどの鋭さなのに、コウタには傷ひとつない。
ひょいっと出した手で止められている。
「あれ？　痛くない？　剣みたいなツノだけど斬れ味は悪いっぽい？」
不思議そうにツノを握ったり、手を滑らせてみるコウタ。
カークは丸い目を丸くして固まり、黒い鹿はぷるぷる震えている。
「……この鹿を殺《や》れれば食べられるかな」
コウタがポツリとつぶやく。
真っ黒な鹿が必死に頭を振る。
コウタの手が離れる。
その瞬間、鹿は脱兎《だっと》のごとく逃げ出した。鹿なのに。

「あっ、ちょっ！　まあ捌《さば》けないし、しょうがないか」

「ガアーッ！」

コウタは追いかけることなく見送った。

食料を確保する機会だったが、動物を捌くハードルは高かったようだ。

カークは、次は殺ってやるぜ！　とばかりに勇ましい。

「……あんな鹿、見たことないしなあ。やっぱりここは異世界なのかなあ」

ポツリと漏らしたコウタの独り言が灰色の森に溶けていく。

一人と一羽の異世界生活初日は、トラブルに見舞われながらも無事に終わった。

ここは異世界なんじゃないか、【健康】とは何か、疑念をコウタに抱かせて。


【2】


「おはようカーク。夜も一緒にいたのは初めてだね」

「カッ、カアーッ！」

朝から何言ってんだコウタァ！　とばかりにカークの鳴き声が響く。

一人と一羽の異世界生活二日目は、コウタの天然発言とカークの羽ばたきからはじまった。

カークはばさばさ羽を動かしながら、木のウロから出ていった。

風と土埃《つちぼこり》に襲われたコウタは、「わっぷ」などとのたまっている。自業自得である。

カークに遅れてコウタが木の根元のウロを出て伸びをする。

大木の根元にあるといっても、洞《ほら》——いわゆるウロ——は、大きなものではない。

コウタが丸くなって横になれば、スペースはほとんどない。

カークは入り口付近で夜を明かしたらしい。忠犬か。忠鳥？

「さてっと。顔洗って、今日も探索してみるか」

大木を離れて、コウタは小さな湖のほとりに向かう。

顔を洗って口をゆすいで、湖水を沸かしもせずそのまま飲む。穴を掘った簡易トイレで用を足す。

この地で目覚めてから二日目にもかかわらず、コウタとカークはそれらしい暮らしができている。

それでも。

「食べ物と水はなんとかなりそう。けど、着替えは欲しいし、武器もあった方がいいよなあ。昨日の鹿みたいなヤツがいるのに、『ぬののふく』『ひのきのぼう』って」

コウタはいまの暮らしに満足していないようだ。当然だろう。着の身着のままの野宿なのだ。

「ガアーッ！」

ひのきじゃねえけどな！　とわめくカークのツッコミは届かない。

さて朝ご飯を、とコウタが大木を見上げる。

ぽとりと果実が落ちてきた。

コウタに二つ、カークに一つ。

「タイミングよすぎてちょっと怖い。けど……ありがとうございます。いただきます」

「カアー」

寝床にして、現在唯一の食料供給源にぺこりと頭を下げる一人と一匹。

大木は応えない。

カラスは応答できるが、異世界であっても樹木は応えない。たぶん。

大木になっている果実はビワに似ていた。

楕円形《だえんけい》でオレンジに近い黄色で、大きさはコウタの手のひらほどだ。

かじるとほのかに甘みがあって、果肉はしっかり食感がある。

不思議なことに種はない。

一人と一羽はあまり疑問を抱いてないようだが、それはそれとして。

皮も含めて丸ごと食べられる、手間のかからない果実だった。

水と果実の簡単な朝食を摂《と》りながら、コウタはブツブツと考えごとをしていた。

「今日も活動しようって気になってる。二日連続で動けるのなんて二年ぶりで、働いてた時以来なのに」

「カァ？　ガァカア」

「鹿のツノでも傷つかなかったし、やっぱり心も体も【健康】になったってことなのかなー」

「カアッ！」

「ありがとうございます女神様。それに、男の子の神様？　も。【健康】だったとしても……いまの俺じゃ人と話すのはしんどそうだから」

「ガァー」

「うん、記憶なしで転生するなら関係ないんだろうけどね。二年も会話してないからなあ」

「ンガァッ！」

「はは、ごめんごめん。カークとは会話してたね」

湖のほとりで並んで座るコウタとカーク。

なんとなく会話が成り立っている気がする。

いくらカラスが賢いといっても、そんなはずはないのに。

もっとも、元の姿よりふたまわり大きくて足が三本あるカラスはカラスなのか疑問だが。

「足が三本か……カーク、あとで飛んで空から人里を探してくれないかな？　なければ、どこかにあるはずの川を下っていく感じで」

「カアッ！」

「あー、けど山では『迷ったら登れ』なんだっけ？　盆地はどうなんだろうなあ」

「カァカア、カアッ！」

はっ、俺がついてるだろ！　とカークが胸を張る。

なんとなく察したのか、コウタは指の背でカークの喉元にそっと触れる。

くすぐったいのか嬉しいのか、カークはぐねぐねと体を動かす。

一人と一羽がいちゃつくことしばし。

どちらからともなく、コウタとカークは行動をはじめた。

「よし、今日もがんばろう。目標は人里、なければ川を見つけることだ」

「カアーッ！」

大きな鳴き声をあげて、カークが飛び立つ。

寝床にしている巨大な木の高さを超えて、はるか空へ。

漆黒の翼をはためかせ、三本目の足を風にさらして。

コウタはじっと、空をゆく友達に見とれていた。

ちなみに。

いちゃついていた一人と一羽だが、カークはオスだ。

ただしコウタは性別を見分けられず、なんとなくで名前をつけた。

カラスの雌雄を見た目だけで判別するのは至難の業だ。

偶然にも名前と性別は一致していた。幸いなるかな。


拠点にしている大木のもとを出発したコウタとカークは、湖から流れ出る川を見つけた。

湖畔に人の気配がなかったため、予定通り下流へと進む。

川幅は五メートルほど、ところによっては一〇メートルを超えるだろうか。

水の流れは緩やかで、河原には岩や石が転がっている。

整備された道はなく、コウタの歩みは自然と遅くなっていた。

「ちょっと待ってカーク。一回休憩しよう」

「カァ。カアー」

コウタに先行していたカークは、ふた鳴きしてから戻ってきた。

情けねえなあ、けど無理は禁物だ、とでも言いたいのか。ツンデレっぽい。オス同士だが。

「この辺も木が色あせてなんか黒っぽい。なんなんだろうなあこれ」

「カア？」

手頃な岩に腰を下ろしたコウタが、あたりをぐるりと見渡して首をかしげる。

コウタが漏らした疑問にカークも首をかしげる。不思議と角度が揃《そろ》っている。

大木の下を出発して川を見つけてから三時間ほど。

一人と一羽は「太陽が出てきた方向」である「東」に向かっている。

コウタが「いったんこっちを東ってことにしよう」と仮に決めた方角だ。

川に沿ってしばらく歩いていくと、新緑の木々は色あせていった。

休憩場所から見える景色は、葉の緑も幹の緑もぼんやりしている。

「この先は……やっぱり、もっと黒くなってくのか」

下流に行けば行くほど、木々も地面の色も、灰色から黒に向かっていくようだ。

川面《かわも》の上、枝葉のない空間から遠くの山を見る。

「あれ、影だって言い聞かせてたけど……山は真っ黒なのかなあ」

コウタが目覚めた場所は、山に囲まれた盆地だった。

山までは距離がありそうだが、山肌が見えないわけではない。

木々に覆われて緑なはずなのに、山は黒かった。

「影だ」と自分に言い聞かせてきたコウタが、諦めるほどの。

「黒いだけならいいんだけど。昨日の鹿みたいにこっちを襲ってくる動物がいそう。異世界っぽいし、モンスターもいるかもしれない」

「カアッ！」

「ありがとう、でも大丈夫だよカーク。ほら、俺は【健康】をもらったから。昨日も怪我《けが》しなかったし」

「カアー……」

そういう問題じゃねえんだけどなあ、とばかりにうなだれるカーク。

コウタはすっと腰に手を伸ばして、紐を外した。

弁当がわりに持ってきた、大木の果実を手に取る。

「ほら、カークの分ね」

そう言って、コウタは左手で果実を差し出した。

ちなみに紐はコウタのシャツの胸元から抜いたものだ。

本来は広く開いた襟ぐりからシャツがずり落ちないようにするための紐だろう。

落ちないみたいだし飾りはいらないしと、外して果実を結んできたのである。

「カアッ！」

「ん？　いらないの、っておわっ！」

さっと右手を振るコウタ。

ベチッと湿った音がする。

川から飛んできた魚が、河原の岩に叩《たた》きつけられた。

「ガアーッ！」

続けてカークが飛び立った。

くちばしを突き刺す。

びちびち暴れる魚の頭を貫通した。

「うわ、この魚、すっごい頭。刺さりそう」

コウタ、襲われたばかりなのに呑気な発言である。

もしコウタが【健康】でなければ、魚の鋭利なくちばしが右手を貫いていたことだろう。

まあ【健康】でなければ昨日、鹿のツノで殺られていたのだが。

とにかく、返り討ちにして魚を仕留めた。

果実以外ではじめての「食べられそうなもの」である。

コウタに食べさせるつもりなのか、カークはくちばしで突き刺したまますいっとコウタに差し出してくる。優しい。きっと毒味役ではない。

「あ、ありがとうカーク。焼けば食べられるかな。動物を捌くよりは簡単なはず、いける、いけ……あ、刃物がないんだった」

キョロキョロと河原を見渡すコウタ。

刃物がわりになりそうな石を探している。

近くには手頃なのがないなーと立ち上がって少し下流に目をやった、ところで。

黒い鹿と目が合った。

「あ、昨日の。待ってカーク」

黒い鹿はぷるぷる震えながら頭を下げる。

危機感のないコウタ、キッと睨《にら》みつけるもコウタに止められるカーク。

鹿はなおも頭を下げて、刃《やいば》となったツノの、根元の部分を岩に当てる。

ぐっと押し付ける。

根元から、ベキッとツノが折れた。

「え？　え？」

「カアッ！」

黒い鹿が、口先でスッと折れたツノを押す。

ぷるぷる震えながら上目遣いでコウタとカークを見る。

刃物いるンすよね？　これで命だけは助けてくだせえ、とでも言いたげに。

「え？　鹿のツノってそんな簡単に折れるの？　折って大丈夫なの？」

コウタの言葉に、黒い鹿は残った右のツノを岩に押し当てた。

根元ならイケるンすよ、一年で生え変わりやすしね、とばかりに。

「待って大丈夫だから！　一本だけで充分ありがたいから！」

「カアー」

二本目のツノも折って差し出そうとした鹿をコウタが止める。何をしようとしてるのかはわかったらしい。

カークは、仕方ねえなあ、とゆるく鳴いた。謎の上から目線である。飛べるので。

「えっと、ありがとう、すごく助かるよ。これ、よかったら」

話しかけるも、コウタは近づかない。

ツノをくれたお礼にと、下手投げで大木の果実を投げた。

黒い鹿はなんなく口でキャッチする。

その場で食べずに、片角になった黒い鹿は果実をくわえて去っていった。

見送ってしばらくしてから、コウタがツノを拾う。

黒く輝く枝分かれしたツノは、剣のように鋭かった。形状とあわせて、まるで七支刀だ。

「刃物が手に入ったのはありがたいなあ。これで魚も食べられるし」

一人と一羽の異世界生活二日目。

川を見つけて刃物を手に入れて、初めて果実以外の食料をゲットして。

昼前までの短い時間で、かなりの成果があったようだ。

空を飛んで進むべき道を示したカークのおかげか。なにしろ、三本足のカラスの導きなので。


昼前に川で魚をゲットしたコウタは、拠点としている大木のもとまで戻ってきた。

収穫は黒い鹿から献上された刃状のツノと、ダツのような魚だ。

ちなみに、魚は葉に包んで乾燥を防ごうと試みていた。臭み軽減も狙っている。

葉はカークのセレクトだ。賢い男である。カラスなのに。

水辺から少し離れた場所に石を積んで、近くの森から枯れた枝葉を集めて。

簡易な焼き場をつくったコウタは、魚の処理に挑戦していた。

包丁がわりに使うのは鹿のツノだ。

「おおっ、切れる切れる！」

「カ、カア？」

頭を落として、刃先で腹を裂いて、コウタは喜びの声をあげる。

ツノは根元まで刃状なのに素手で掴むコウタを見て、カークはマジで？　と疑問の声をあげる。

「こんなに切れ味がいいってことは、おかしいのはやっぱり俺の体か。【健康】ってなんなんだろうなあ」

輪廻転生を案内された場で、コウタは「健康で穏やかな暮らし」を願った。

途中、男の子の神が乱入するトラブルもあったが、たしかに【健康】を授かったらしい。

心が不調だったのに毎日活動できるようになって、刃物で襲われても怪我ひとつしないという、コウタが思っていたよりも強力な【健康】を。

「ありがとうございます、女神様。よし、準備もできたし火を……火を……？」

内臓を抜いて、取れる限りのウロコとヒレを外して。

細身の魚に木の串を突き刺して、準備万端となったところで。

コウタが、ようやく気がついた。

「火、どうしよう」

魚を焼くのに、火がないことに。

致命的なミスである。

「木の板に木の棒をこすりつければつくんだっけ。でもあれってけっこう大変で時間がかかるって聞いたような」

延焼しないよう、下に石を敷いた。

木の串をのせられるよう、まわりに石を積んだ。

枯れ木を集めて燃やせるようにした。

カークが貫いた魚の頭を落として、内臓も処理した。

そこまでしておいて、肝心な火の準備が抜けている。

日本ならライターなどで簡単に着火できるせいだろうか。

コウタにキャンプ経験はない。

「カァー」

仕方ねえなあ、とばかりにカークが鳴く。

コウタにもらった魚の頭と内臓からくちばしを離す。

ぴょんっと飛び上がって、積まれた石の上に乗る。

二本の足で体を支えて、三本目の足を枯れ木にかざす。

「ガアッ！」

ふんっ、と強く鳴いて羽を広げる。

三本目の足がほんのり輝く。

小さな火の玉が、放たれた。

「…………え？」

ぽかんと大口を開けるコウタ。

火はじわじわと枯れ木を焦がす。

すぐに火が移る。

燃え出す。

「え？　え？　いま、え？　カーク、いまのなに？」

「カァ」

「まさか魔法!?　カークって実は魔法使ぃ？　魔法カラス？」

「カァ、カア」

わたわたと手を動かすコウタに、カークはまあ落ち着けって、とでも言いたげだ。冷静か。

もしカークがカラスでなければ、コウタは肩を掴んで揺すっていたことだろう。

こんな時でもコウタはカークを気遣えるようだ。鳥の体は繊細なので。三本の足があって火を放つカラスが鳥なのかどうかは置いておくとして。

「はあ、カークはすごいなあ」

ひと慌てして落ち着いたらしい。

そっとカークの喉元を指の背でくすぐって、コウタは魚を焼きはじめた。

じゅうじゅうと脂が落ちる。

調味料はない。

中までしっかり火を通してから、コウタは魚を口にした。

毒があるかもしれないのに。蛮勇である。いや、コウタは神様から授かった【健康】を信じているのだろう。きっとそうだ。

「うん、美味しい。これで塩があればもうちょっと美味しくなるんだけど……」

「カア。カァ？」

味付けなしにしては悪くないらしい。

コウタから少し身をもらったカークは、次は岩塩でも探すか？　と鳴いていた。コウタには通じない。

「水と果物と魚で食料はなんとかなりそう。寝床はあるしトイレはつくった。なんとか生きていけそうだけど」

チラッと手元の魚を見る。

塩も醤油《しょうゆ》もない。

調理に使った刃物を見る。

鹿のツノで、切れ味はいいけど使いづらい。

着ている服の胸元に鼻を突っ込む。

いまのところ臭《にお》いはしない。

「人里は探したい。会話はまだ不安だけど……いろいろ欲しいもんなあ」

「カァ？」

「あ、けどお金ないや」

「カァ！」

はっ、俺が稼いでやんよ！　とでも言いたげにカークは胸を張る。カラスがどうやって稼ぐのか。

コウタは頭を悩ませる。少なくともこの近くにマンションの営業職はなさそうだ。あったところでまた心を病んでしまいそうだが。

「カークに飛んでもらっても人里はないみたいだし……探す間に、いろいろ考えてみよう。魔法も使ってみたいしね」

コウタ、問題を先送りにしたようだ。

いま考えたところで無駄だと思ったのだろう。賢明な判断である。

「火も案内も、いろいろ頼ると思うけど……これからもよろしくね、カーク」

「カアッ！」

任せとけ！　と威勢のいい鳴き声が響く。

一人と一羽の異世界生活二日目。

川を見つけて魚を捕り、刃物をゲットして、カークが魔法を使えることも判明した。

人里は見当たらない。

けれど、森と大木と小さな湖のほとりでの生活は、徐々に充実したものになっていく。

【健康】になったとはいえ、コウタはまだ人との会話に不安を持っていた。

一人と一羽で生活がはじまったことは、コウタにとってよかったのかもしれない。

いずれ来《きた》る人とのコミュニケーションの前の、助走期間として。

第二章　コウタ、TS逸脱賢者と出会ってこの世界のことを知る

【1】


「アビー、この間の話は考えてくれたかい？」

「よしてくれよ親父《おやじ》。ハーレム勇者の仲間も、未来の伯爵夫人もお断りだ」

「だけど、もういい歳だ。いかに実績を残していてもこれ以上は限界だよ」

「まあなあ、わかっちゃいるんだけど……」

アウストラ帝国、帝都の貴族街の中でもひときわ大きな邸宅。

その一室で、一人の男性と少女が話をしていた。

年配の男性はワガママを言う娘に困り顔だ。

それでも強く言えないのは、子供たちの中でただ一人の娘を愛するゆえか。

敏腕で知られる侯爵であっても、愛娘《まなむすめ》には弱いらしい。

「その、なんだ。女性だけど女性が好きということであればだね、結婚してから女性の愛人を囲えばいいだろう。ウチの方が家格は上だからね、それぐらいのことは」

「けど結婚したら、男とすることとして子を為《な》さなけりゃマズいだろ、帝国貴族としては」

「うーん……だったらどこか側室で迎えてくれるところを探すかい？」

「いやあ、それもなあ」

「いくら『賢者』として高名になっても、これ以上はさすがに引き延ばせないよ、アビー」

「わかってる。ありがとな、親父。こんなオレを受け入れてくれて。本当に感謝してんだ」

「アビー……」

「まあ今度の『勇者来訪歓迎パーティ』までに答えを出すさ。アビゲイル・アンブローズとして」

金髪碧眼《へきがん》の少女は微笑《ほほえ》む。

侯爵家に生まれた女の子は変わっていた。

乳児の頃に言葉を理解したそぶりを見せ、初めて魔法を使ったのは立って歩くより前だ。

天才の誕生に侯爵夫妻は親バカを発揮して、兄たちはかわいい妹に負けまいと勉学や訓練に励んだ。

天才女児は五歳にもなると「変わっている」と屋敷内で知られるようになった。

女の子なのに男のような言葉遣いをする。男服を好む。

それだけなら、お転婆《てんば》な女の子によくあることだろう。

魔法にのめり込み、幼くして厳しい勉学と訓練に励む。

知らないはずの知識を知っている。

難解な理論を理解し、教えていない計算法を使いこなす。

使用人の中には女の子を冷たい目で見る者もいた。セクハラされるし。

ともあれ、アビゲイル・アンブローズ——アビーは、一〇歳にもなると神童として知られる。

さらに帝都貴族学園に入学・卒業して帝立魔法研究所に入ってからは「賢者」として名が売れた。

斬新な発想でこれまでにない魔法理論を発案、構築する。

女性なのに女性に恋して性的にアプローチする。

失伝した魔法系統を復活させて使いこなす。

神を否定する魔法を開発して教会から異端認定を下されそうになる。

強力な魔法を使ってモンスターを一人で殲滅《せんめつ》する。

騎士団との合同訓練を遠距離魔法で一方的に終わらせる。

魔の海の向こうに大陸が存在すると主張する。

理論は理解できても他の誰も使えない高度で強力な魔法、常識はずれの行動、どこから得たのか不明な知識と発想。

いつしかアビーは、『逸脱賢者』と呼ばれるようになった。

それでも。

実績をどれほど積み上げようと、父である侯爵がいくら手をまわそうと、アビーは女性だ。帝国貴族の子女だ。

それも侯爵の唯一の娘で、言動に目をつぶれば容姿は整っている。

変わり者であっても、妻にと望む者は多かった。

屋敷内の私室――研究室に戻って、アビーは独りごちる。

「年貢の納め時ってヤツか。けど、どっちも受け入れられねえんだよなあ。親父とおふくろには申し訳ないけど……」

ガリガリと手を動かす。

羊皮紙に誰も見たことのない魔法陣が刻まれる。

「よし。あとは家に迷惑かけないタイミングで発動させて、運を天に任せるか」

誰しも譲れないものはある。

時にそれは、周囲から理解されなくとも。

×××××

「アビー、僕との婚約のこと、考えてくれたかい？」

「ライトか……」

「魔法の研究を続けたっていいし、君が望むなら愛人を囲ったっていいんだよ。領地に来るのがイヤなら帝都の屋敷で暮らそう」

アビーが父親である侯爵に「最後通牒《つうちょう》」を突きつけられてから一週間後。

帝都では盛大なパーティが開かれていた。

皇宮にはたくさんの魔法の明かりが灯《とも》されて、贅《ぜい》を尽くした料理が並ぶ。

各地から貴族が集《つど》い、華やかな装いを見せる。

そんな皇宮の一角で、イケメンに話しかけられたアビーは浮かない顔をしていた。

条件はいいんだけどなあ、清潔感あるイケメンだし、などと小声でつぶやく。

婚約者候補の伯爵令息の評価は高いらしい。

婚約するか、勇者の仲間となるか。

アビーの決断が披露される晴れ舞台でもあるため、アビーはいつもと違う格好をしていた。

帝立魔法研究所の制服、フード付きローブは変わらない。

だが、中にはきちんとパーティドレスを着込んでいた。

ローブを羽織っているのはアビーなりの意地か。

いちおう「パーティでも許される装い」とされているし、実際に今夜のパーティでもアビーと同じローブを着ている者はちらほら見受けられる。

それでも、一世一代の場にはふさわしい装いではないだろう。

イケメンは気にしてないようだが。心もイケメンか。

「帝国貴族の義務も、頭じゃわかってんだけど……受け入れられねえなんて、何年生きても子供のままだな、オレ」

「アビー？　何か言ったかい？」

「いや、なんでもねえ。そんでな、ライト」

アビーの両親が離れた場所からハラハラ見守るなか、アビーが続けようとした、ところで。

「勇者様のご到着です！」

パーティ会場に大きな声が響く。

貴族たちがまだ閉まったままの扉や、勇者の仲間になるかもしれないアビーに目を向ける。

場は整った。

「わりぃなライト。オレ、男とは結婚できねえし、ハーレム勇者の仲間もお断りなんだ」

戸惑うライトの表情に、アビーの心がチクリと痛む。

コイツがもっと嫌なヤツなら簡単だったのに、とかすかに思いながら。

アビーは、魔法を発動した。

「……え？　アビー？　消え、えっ？」

何の予兆もなく、アビーの姿が一瞬でかき消える。

皇宮は古《いにしえ》の魔法で守られており、建物内では一切の魔法が使えないはずなのに。

帝立魔法研究所でも解明できず、歴代の宮廷魔術師たちも突破できなかった守りなのに。

アビー――アビゲイル・アンブローズは、行方不明となった。

男と結婚することも、ハーレム勇者の仲間になることも選ばなかった。

なお、皇宮内で衆人環視のもといなくなったため、侯爵家の責任が問われることはなかった。

突如娘が消えた両親と兄たちの悲嘆はいかばかりか。

まあ、家族しかいない場所では「まったくあの娘《こ》は」と苦笑していたらしいが。

見目麗しい一八歳の女性、稀代《きだい》の魔法使い、『逸脱賢者』はどこへ消えたのか。

誰と出会って、どんな人生を歩むのか。

知る者はいない。

――いまは、まだ。

【2】

一人と一羽が大木のウロで目覚めてから一週間。

コウタとカークは、過酷な環境にもかかわらず日々ののんびりと暮らしていた。

「おはようカーク」

「カアー」

挨拶をかわした一人と一羽は水辺に向かう。

コウタはくるぶしまで水に入って顔を洗い、口をゆすいでヒゲを剃《そ》る。

枝分かれした刃状のツノをつまんで、一番小さな刃を使う。

何度か試してみたものの、七支刀のような刃を分割することはできなかった。

体に当たっても傷つかないからいいか、とコウタは考えるのをやめた。呑気《のんき》か。

カークはコウタからちょっと離れ、水辺でバシャバシャと羽ばたいてさっと体を洗う。カラスの行水である。文字通り。

身支度を整えた一人と一羽はウロの前に戻って大木を見上げる。

と、今日も果実が落ちてくる。

ビワに似た果実が三つ。

二つはコウタの、一つはカークの朝ご飯だ。

毎日食べているのに、大木の果実が減った様子はない。

当初は首をかしげていたものの、コウタは考えるのをやめた。適応能力が高い。これも【健康】のせいか。

「さて、今日も探索に出る前に、例のヤツをはじめよう!」

「カアッ!」

コウタの呼びかけに、カークが任せとけ! とばかりに猛《たけ》る。

カークはバサッと羽音を鳴らして、大木の枝に止まった。

二本の足で枝を掴《つか》み、間に生えた三本目の足を空に向ける。

「ガアッ！」

カークの咆哮《ほうこう》とともに、火の球が生まれた。

二日目の午後、焚《た》き火《び》に火をつけた時よりも大きい。

火の球は、何もない空中でボンッと爆発した。

「おー、カークはすごいなあ。よし、俺も――」

この場で目覚めて三日目からはじまった、朝の日課。

「万物に宿りし魔素よ、我が命《めい》を聞いて炎となれ！　火の玉《ファイアボール》」

魔法の特訓である。

コウタがかざした手の前に、炎の球は生まれない。

カークはなんで出ないんだろ、と首をかしげている。

コウタも首をかしげている。

「うーん、属性の相性があるのかなあ。それで言ったらカラスは火っぽくないんだけど」

顎《あご》に手を当ててブツブツ考え込むコウタ。

カークはガアー！　とおかんむりだ。三本足のカラスはちげえんだよ、とでも言いたいのか。コウタにカラス語は通じない。

「火のほかにありそうな魔法かあ。水、土、風とか？」

友達にして相棒であるカークについて考えることをやめて、コウタはふたたび手を伸ばす。

手のひらを湖の上方に向ける。

「万物に宿りし魔素よ、我が命を聞いて風となれ！　風の矢《ウィンドアロー》」

適当な詠唱をしても何も起こらない。

湖は今日も静かで、透き通った水を湛《たた》えていた。

「風もダメかあ」

「カアッ！」

コウタのぼやきを遮ってカークが短く鳴く。

強い叫びはまるで警告のようだ。

頭上のカークを仰ぎ見て、カークがじっと見つめる先に視線を動かすコウタ。

湖がわずかにさざ波を立てる。

「え、なんだろこれ、ひょっとして見えないだけで俺にも魔法が使え——」

パァンッ！　と、鋭い破裂音がした。

「うわっ！　何が、ひょっとして俺の魔法が暴走して……え!?」

コウタが目を丸くする。

カークはじっと空を睨《にら》みつける。

破裂音がした、湖の上空に。

突然、人が現れた。

「よっしゃあぁぁあああああ！　成功だぁぁあああ！」

「これでオレは自由だ！ってやべ、落ちるぅぅううう！」

何事か叫びながら落ちていく。

湖上の青空に長い金髪がたなびく。

パーティドレスの裾がめくれて下着と生足がまる見えになる。

ああ、言葉遣いと違って女の子なんだな。

コウタはぼんやりとそんなことを考えていた。

「まほ、まほう、ダメだ間に合わ」

空から降ってきた女の子は、ボチャンと水音を立てて湖に着水した。落ちた。

「カアーッ！」

コウタ、空から女の子が！　とでも言いたげなカークの鳴き声でコウタが我に返る。

「だ、大丈夫ですか！　いま助けます！」

慌てて走り出して上着を脱ぐ。

じゃばじゃば水をかきわけてコウタは湖に飛び込んだ。

心配なのか、カークは上空をぐるぐるまわっている。

【健康】になったっぽいけど、人と話すのはまだ自信がない。

だが、突然の事態でコウタの不安は吹っ飛んだらしい。根は真面目で善良なのだろう。だからこそブラック営業で病んだのだが。

一人と一羽の異世界生活がはじまって一週間。

コウタ、この地で目覚めて初のコミュニケーションタイムである。

二年ぶりで、相手の言葉遣いは荒く、おそらく魔法で突然現れた女性と。

……ハードルが高い。

「大丈夫ですか！　いまそっちに」

バシャバシャと湖を泳ぎながらコウタが叫ぶ。

心配なのか、カークはコウタの上空をぐるぐる飛んでいる。

女の子を助けようと泳ぐ、コウタの視線の先。

水面を割って、女の子が浮いてきた。

溺れたわけでも意識を失ったわけでも、ましてや水死体でもない。

浮いてきた。

文字通り、水の上に浮いている。

「あー、ずぶ濡《ぬ》れになっちまった。……ん？」

ドレスや髪の毛からぼたぼたと水を垂らした女の子が顔を上げる。

人が水面に立つという衝撃的な光景に大口を開けているコウタと目が合う。

たがいに驚いてしばらく見つめ合う。

「カアー」

「あの、大丈夫ですか？」

「助けようとしてくれたのか、ありがとな。オレは大丈夫だ」

カークの声に促されて言葉をかわす。

金髪からぽたぽた水滴を落とす女の子は、高く澄んだ声だった。口調は荒い。

「は、はじめまして。俺はその、えっと」

「あー、うん。挨拶は上がってからにしねえか？」

「あ、そうですね」

「カァー」

立ち泳ぎのまま名乗ろうとしたコウタを女の子が止める。もっともである。力なくカークが鳴く。

とりあえず。

コウタと異世界人のファーストコンタクトは、悪印象ではなかったらしい。


「あらためて、ありがとな。えーっと」

「あ、コウタです。はじめまして」

「ありがとな、コウタさん。オレはアビゲイル・アンブローズ……いや、オレはただのアビゲイルだ。アビーって呼んでくれ」

「さんづけじゃなくていいですよ、アビーさん」

「んじゃオレもアビーで。これでもう家とは関係ねえしな！　よろしくコータ！」

アビーと名乗った少女はからからと笑う。

水滴が落ちる金髪、コウタを見つめる瞳は碧《あお》い。

男っぽい口調とは裏腹に、濡れたうなじが色っぽい。

パーティドレスは胸の谷間もあらわで胸がこぼれそうだ。

コウタはすっと視線をそらした。紳士である。いや、臆病《チキン》なだけだ。油断なく見つめるカラス《カーク》と違って。

「ガア！」

「あ、コイツはカークです。カラスだけど賢くて、いろいろ助けてもらってます。友達というか相棒というか」

「カ、カァ」

「ははっ、照れてんのか？　ほんと賢いんだな。よろしくな、カーク」

「カァー」

ぎゅっと髪を絞って水気を取りながら挨拶するアビー。

カークが賢すぎることも三本目の足のこともスルーしている。

気にしない性格《タチ》なのか、あるいは優先順位が違うのか。

「うあー、ずぶ濡れだ」

髪に続いて、ドレスの裾をたくしあげて絞る。

白い足が目にまぶしい。

コウタは思わず横目で捉え、カークはふいっと視線をそらした。さっきと逆である。足派か。

「あの、俺は離れますんで、それからの方が」

「ん？　ああ、気にすんなって！　パンツが見えてるわけじゃねえんだし！」

「え、ええ……？　いやアビーさん……ア、アビーは女の子だし俺が気になるっていうか」

「カァー」

転生する前、コウタは二八歳だった。

目覚めてから水面に映る姿を見て確かめたが、多少顔つきと体つきが変わっただけで大きな変化はない。コウタの意識も連続している。

つまり、コウタの気持ちとしては二八歳のままだ。

少なくとも目の前の少女よりは歳上だ。

コウタ、年長者として注意したつもりらしい。

カークは、もっと言い方あんだろと呆《あき》れているようだが、それはそれとして。

「こんなナリだから難しいかもしんねえけどな、オレは男だ」

「ああ、LGBTってヤツですか？」

「そうそう、よく知ってるな。オレは体が女で心は男だからトランスジェンダー……待て待て待て！　なんで知ってんだコータ！」

「え？　なんでって言われても」

「LGBTって！　思いっきり発音してんじゃねえか！」

「はあ」

「……なあコータ。オレは男だったんだ。けど転生したら女になってた。だからトランスジェンダーっていうよりTS転生って感覚なんだ」

「あー、なるほど。そうですね、そう言われた方が俺もわかりやすいです」

「通じるのかよ！　これ確定だろ！」

「ガァー……」

ぴしゃぴしゃと水滴を飛ばして興奮するアビー。

コウタはぽかんとしている。

カークはおいおいコウタ、まだわかんねえのかよ、と呆れ顔だ。

「よっしゃぁぁぁああああ！　オレと同じ！　転生者を見つけたぞぉぉぉおおお！」

アビーの叫びが湖のほとりに響き渡る。

頭上で大木の枝葉がさわさわと揺れる。

一人と一羽の『異世界人とのファーストコンタクト』のはずが、そもそも相手は異世界人ではないのかもしれない。

「あ、そういうことか！」

コウタ、ようやく理解したようだ。天然か。二八歳男性の天然など誰得である。

「あれ？　いま俺、何語で喋《しゃべ》ってるんだ？　なんでアビーと会話できるんだ？」

遅い。

どうやらコウタが授かったのは【健康】だけではないらしい。ご都合主義——幸いなことに。

「『TS転生』で通じるってことはコータはやっぱり日本人か？」

「あっはい」

「おおおおお！　そっか『コウタ』だもんな！　こっちにもありそうな名前だから気づかなかったけどよ！　いやあ、そっかそっか！」

「あの、アビーも日本人なんですか？　そのわりに金髪だし目は青いし色白だし」

「ま、オレは元日本人だな！　こっちで一八年生きてきたし。それも男子高校生だったのに女として生まれてなあ。記憶があったからどうにも『女』に馴染《なじ》めなくてよ」

「それはしんどそうですね……あれ？　生まれた？」

「そりゃ生まれるだろ。アレか、コータは転生じゃなくて転移か？　けど見た目は彫りが深いし日本人っぽくねえけど」

「えーっと、どうなんでしょうか。記憶はそのままなんですけど、目が覚めたらこの姿でここにいたんですよね」

「カアー！」

俺と一緒にな、とばかりにカークが自己主張する。

コウタがさっと腕を伸ばすと、カークがその腕に止まった。

はじめての出来事である。コウタはニマニマしている。現実逃避か。女性と喋りすぎて心のキャパがギリギリなのか。

「あー、そりゃたしかに迷うな。けど、多少でも顔と体が変わってんなら転生なんじゃねえか？」

「そうですね、そういうことにしておきます。考えたってわからないし」

「カァ」

コウタが考えることをやめるのは目覚めてから何度目か。鬱々《うつうつ》と悩んで自縄自縛していた日々が嘘《うそ》のようだ。

腕から飛び立って、カークはすいっと倒木に着地してひと鳴きする。

一人と一羽はこの一週間遊んでたわけではない。

コウタを囮《おとり》に魚を獲《と》るほか、生活環境を整えるべく行動していた。

湖のほとりには、イスがわりに倒木を切り出した丸太が置かれている。

直径は五〇センチ程度で高さ一メートルもない。

二つ並んでるのは、コウタとカーク用だ。

カークに導かれて、立ち話をしていたコウタとアビーがそれぞれに座る。

コウタ、木の重さにくじけそうになりながらも運んできた甲斐《かい》はあったようだ。

ちなみにコウタが筋肉痛になることはなかった。若さゆえ、ではなく【健康】のおかげだ。たぶん。

あと黒い鹿のツノは、生活に伐採に加工にと大活躍している。

コウタは『果実一つじゃ申し訳なかった。次会ったらいろいろあげよう』などと考えていた。鹿の方は会いたくなさそうだが。

ともあれ、コウタとアビーは木に腰掛けてしばし会話に興じる。

同郷で同じ「転生者」という境遇のせいか、二年ぶりの女性との会話でもなんとかなったようだ。アビーのコミュ力の賜物《たまもの》である。あとカーク。


「うっうっ、つらかったんだなコータ。こっちの世界でのことならウチで雇ってやったのに」

「けど、みんなはちゃんと働けてたし俺が情けなかっただけで」

「コータは悪くねえよ！　それにほら、こっちは真面目ならちゃんと評価されるからな！　商人なんかは『信用第一』なんだぜ？」

「はあ」

「オレはあっちでもこっちでもちゃんと働いたことねえからよ、親父からの又聞《またぎ》きだけどな！」

「は、はあ」

「男と結婚させられそうになったとか、オレの悩みなんてたいしたことなかったんだなあ。ほんとコータはよくやってきたよ。社会人はつれえんだなあ」

「でも俺がダメだっただけで、アレが普通なんじゃ」

「カァ！」

ぐじゅぐじゅと泣きながらコウタを励ますアビー。

元男子高校生は、コウタの社会人時代の想像以上の過酷さが信じられないらしい。

青い瞳からダーッと涙を、鼻からダラッと鼻水を垂らしている。整った顔がぐしゃぐしゃだ。

コウタはいまいちアビーの言葉がピンときていないようだ。カークは、いい加減納得しろコウタ！　とばかりに強く鳴く。

「冒険者だって兵士だって役人だって、真面目が一番だって親父が言ってたぞ。まあこっちじゃ戦えないと危ねえけどな！」

「はあ。………………えっ!?」

「ん？　野外で生活してたんだろ？　モンスターに襲われたりしなかったのか？」

「あっはい。いまのところ襲われてないよ」

「カァ！　カアカァ！」

何言ってんだコウタ、鹿にも魚にも襲われてんじゃねえか！　とカークが突っ込む。コウタには通じない。アビーにも通じない。

「この辺は安全なのかねえ。よしよし、イチかバチかの賭けに勝ったみてえだな」

野営していてもモンスターに襲われない。

コウタの情報に、アビーは小さくガッツポーズした。

「戦う力か。俺もカークみたいに魔法が使えればなあ」

「なあ、コータとカークがよければオレが見てやろうか？　才能の有無はわかるぞ？」

「え？　ああ、『鑑定』みたいなヤツかな？」

「やっぱ日本人だと話がはええな。そう、オレは研究に研究を重ねて『鑑定魔法』を開発したんだ！　おかげで教会に異端認定くらいそうになったけどよ！」

「だ、大丈夫なんだよねそれ？　神様に逆らう魔法だと申し訳ないような」

「心配ねえって！　じゃあいいか？　いくぞ？」

「……うん、お願いします」

「カアー」

「『鑑定』！」

及び腰だが、それでもコウタは同意した。たぶんカークも。

すかさずアビーが魔法を発動する。詠唱はなく、魔法陣もエフェクトもなく、あっさりと。

一人と一羽をじっと見つめるアビー。

金髪碧眼の美少女に見つめられてコウタが落ち着きをなくす。もぞもぞ体を動かしながら視線をそらす。

「うげえ!?　なんだこの魔力の質！　こんなことありえんのか!?」

女の子らしからぬ声をあげて、アビーが丸太から転がり落ちる。

コウタを見つめてぷるぷる震える。

カークはクッと首をかしげる。

「え？　え？　あの、大丈夫アビー？　俺も大丈夫？」

奇妙な声をあげて、アビーは座っていた丸太から滑り落ちる。

くるぶしまであるドレスがめくれて白いふくらはぎが見えている。

コウタは気にしない。足派じゃないのか、ではなくて。

コウタに許可を取ってからアビーが使ったのは『鑑定』魔法だ。

自分を見られて驚かれたのだ、コウタが足どころじゃなくなるのも当然だろう。

「お、俺なんかおかしかったかな。魔力量がとんでもないとか」

「あーすまねえ、動揺しちまった。いや、量は問題ないんだ。普通の魔法使いの倍はあるけど、魔力量だけで言ったらオレの方がある」

「へえ、すごいんだねアビー」

「まあな！　帝都貴族学園どころか帝立魔法研究所イチの魔力量だったんだぜ？」

「一番かあ、俺には縁がなかったからなあ。すごい、うん、すごいよアビー！」

「へへっ、オレは幼い頃から訓練してたからな……じゃなくて！」

「カアッ」

ダメだコイツら、とばかりに呆れ声で鳴くカーク。冷静なのはカークだけだが会話には参加できない。賢くともカラスなので。

「あ、そうだった。それで俺の何がおかしいの？」

「魔力の量は多いけど、それだけならたまにいる。おかしいのは量じゃねえ、質だ質」

「質？　魔力に違いがあるの？」

「ある。体内に魔石がある人やモンスターには生まれつきの性質があってな、得意な属性なんかもそれに左右されんだ」

「え？　人の体の中に魔石があるの？　俺もあるのかな」

「カァー。カアッ！」

「そうそう、それはあとでなコータ。そんで、コウタの魔力の質、生まれ持った性質なんだけどよ、こんなのは初めて見たって話だ」

「……俺、大丈夫？」

「まあ問題はねえと思うんだけどなあ。質がな、キレイすぎんだよ。精霊に近いんだけど属性はねえ。なんだろうなあこれ……」

「目覚めたらいきなりここにいたし、顔も体もちょっと変わってるし、やっぱり生まれ変わったのかなあ」

「だろうな、転移ってことはねえだろ。日本にいた時からこれなら魔法を使えたっておかしくねえもん」

「けど、転生ならアビーもでしょ？　アビーはどうなの？」

「質は普通だな。得意属性が偏ってねえ分、鍛えていろいろ使えるようになったけどよ」

「やっぱりアビーはすごいんだなあ」

「まあな！　鑑定魔法を開発したのはオレだし、失伝してた空間魔法を復活させたのもオレなんだぜ？　まあ、いまんとこどっちもオレしか使えねえんだけどな！」

「空間魔法。あ、さっきいきなり現れたのは」

「おう、空間魔法の転移だ！　まだピンポイントじゃ行けねえからな、さっきのはいくつか条件組み合わせたイチかバチかで」

「カアー」

そいつは大変だな、とばかりにカークが鳴く。

丸太に座り直したアビーの前に移動して、カァカァと柔らかく。褒めてるつもりか。

「女なのに女っぽくない、というかオレは男のつもりで。鑑定魔法と空間魔法を開発して。こっちの常識から外れたりもしてたからな、ついた二つ名が『逸脱賢者』だ」

「へえ。なんかかっこいい」

「うぇへへへへ、あんがとよ」

「カァッ！」

二人して天然か、マジメにやれ、とばかりにカークの鋭い声が響く。

だが仕方あるまい。

アビーにとって、コウタはこの世界で初めて「話が通じる」同郷の男なのだ。

しかも心が男のままのアビーにとって、この世界で初めての「同郷の男同士」である。通じ合って褒められたらニヤつくのも当然だろう。

「空間魔法はなんとなく想像できるけど……『鑑定』がこっちにないんだったら、どうやって実現したの？」

「はっ、空間魔法が想像できるだけでこっちじゃ『常識外れ』なんだけどな。まあいいや、鑑定な
鑑定！　いやあ、大変だったんだぜ、聞いてくれるか！」

「は、はあ」

「まずこの世界に『スキル』や『ステータス』は存在しねえ、いや知られてなかったんだ！」

「あ、そうなんだね。あれ、けど俺は【健康】で、鹿のツノでも傷つかなくて」

「そう！　明らかにおかしいヤツはいた！　見た目は細いのに怪力なヤツとか、特定の動きだけ素早くなる剣士とか、いきなり馬に乗れるようになる騎士とか、同じ魔力量で同じ魔法使ってんのにぶっとんだ火力の魔法使いとかな！」

「は、はあ」

「カァカァ」

「だからオレは思ったんだ、知られてねえだけで『スキル』はあるんじゃねえかって！　けどどうやって判別するか、どうやったら情報を得られるかがわからねえ。いや、わからなかった！」

「あの、アビー？　ちょっと落ち着いて」

「そこでオレは考えたのよ！　この世界には神がいるんじゃねえかって！　教会が崇《あが》めてる信仰上のカミサマじゃねえ、上位者、もしくはシステム管理者って意味の神だ！」

「あれ？　神様」

「カァ？」

「だったら情報があるんじゃねえかってな！　つまりオレが開発した『鑑定魔法』は、人やモンスターを見るんじゃねえ！　仮称『世界記憶《アカシックレコード》』にアクセスして情報を引き出して読み取る魔法だ！

開発中だしまだ断片的にしか理解できねえけどな！」

　理論から説明しなくとも話が通じるという状況が嬉《うれ》しいのだろう、アビーの語りは止まらない。

　拳を振るって熱弁する金髪碧眼の美少女に、コウタとカークは引き気味だ。

　が、一人と一羽が揃《そろ》って首をかしげた。

「神様ってあの女神様かなあ。俺に加護をくれるって言ってたし」

「カア」

「そうそうその神サマが加護、言い換えりゃ『スキル』を人間に、って待て待て待て！　待てコータ！　会ったのか!?　神サマに会って転生したのか!?」

「あっはい。輪廻転生《りんねてんせい》の案内役の女神様と、乱入してきた？っぽい男の子の神様に」

「しかも二人!?　いや神サマって柱で数えるんだっけってそれどころじゃねえ！　いたのか！　マジでいたのか神サマ！　おおおおおおオレの苦労は、『神の実在』を証明するための戦いはあああぁぁぁ………………」

　地面にヒザをついてアビーが頭を抱える。

　ぬぉぉぉおおお、と過去の苦闘を思い出して煩悶《はんもん》する。地面を転げる。

　神の実在、あるいは不在の証明は、魔法があって「スキルっぽいもの」が存在する世界でも大変なことらしい。

　のたうちまわるアビーを慰めるかのように、カークはそばに寄り添う。三本目の足で頭を撫《な》でる。

「ははっ、ありがとなカーク。そうだよな、いるってわかったのはプラスだ。うん、プラスなんだ」

　自分に言い聞かせたアビーが動きを止めた。

すぐそこにいるカークと目を合わせる。

「……そういやカークも神サマに会ったってことはねえよな？」

カークはフイッと視線をそらした。

「その、カークも俺と一緒に転生したから、たぶん会ってると思う。元は日本にいたから」

コウタが喋れないカークをフォローする。

「おおおおお！　転生なのにオレは会ってないんですけどぉぉぉぉおおお！　ハナから会えてたらもっと簡単だったのによぉぉぉおおおおお！」

アビーはふたたび転げまわった。

一人と一羽が異世界生活をはじめてから一週間。

同郷で同じ転生者であっても、境遇は違うらしい。

あるいはコウタとカークが異端なのか。

「なんでこんなに違いが……あ、『記憶はなくなる』って言ってたっけ。転生ではあるけど、輪廻転生だからって」

「ぉぉぉぉおおおおお！　マジかよじゃあなんで前世の記憶が残ってんだオレ！　男なのに女ってけっこうしんどいんだぞ神サマァ！」

大木と小さな湖と森が広がる盆地に、少女の悲嘆が響き渡る。

神の実在を知って、アビーが落ち着くまで三〇分ほどかかっただろうか。

復活した少女は背を丸めてぐったり丸太に座る。

「はあ、疲れた。イチかバチかの転移よりコータとの会話の方が疲れた気がする」

「あ、ごめ、俺その、コミュニケーション苦手で」

「すまん。オレこそすまん、言い方がダメだったな、そういう意味じゃねえんだ。コータのせいじゃねえ」

「カア！」

ぼそっと漏らした一言でへこむコウタを、少女が慌ててフォローする。

慣れてきたのか【健康】の効果か、コウタはすぐに半笑いから立ち直った。

「そうだ、神がいるってことは術式はもっと省略できる。それに接触点をこっちに、そっか、話したってことは神は言語を使ってるわけで」

「あの、アビー？」

「カァー」

今度はアビーがブツブツと考え込む。

マイペースな二人にカークは呆れ顔だ。この場で一番コミュ力が高いのはカラスであるらしい。鳥。

「コータ、もう一回『鑑定魔法』を使っていいか？　カークも」

「あっはい。一度でも二度でも変わらないし」

「カア！」

「うっし、んじゃいくぞ！　本邦初公開、新式の『鑑定』だ！」

アビーがすっと手をかざす。

ローブの袖から白く細い手首が覗《のぞ》く。コウタは動じない。カークも動じない。「本邦」へのツッコミもない。

「おおっ、見える見える！　あった！　オレが思ってた通りだ！　スキルはあったんだ！」

勢いよく立ち上がって天に拳を掲げるアビー。

奇行に慣れたのか、コウタは突っ込むことなく見守るだけだ。カークも鳴かない。

「すげえ、すげえぞコータ！　【言語理解】と【健康】が宿った体だってよ！　しかも強さが判別できねえ、言うならスキルレベルは【ｅｘ】ってとこだな！」

「おー！　ってことは【言語理解LV．ｅｘ】【健康LV．ｅｘ】って感じかな？　ありがとう女神様！　アビーも、見てくれてありがとう！」

「なあに、これもコータのおかげだからな！　こっちこそありがとよ！」

二人のテンションは高い。

なにしろ、この世界で初めて【スキル】の存在が示された瞬間である。

まあ最初は学者ぐらいしかその利用法を理解できないだろうが。

「カアッ！」

「おお、わりいわりい、次はカークだな。『鑑定』！」

続けてアビーは、三本足の大きなカラスに手をかざす。

カークはおとなしく、じっとアビーを見つめる。

アビーが虚空を見つめてふむふむと頷《うなず》く。

「カークは【言語理解】と【導き手】だな！　それにこれは【火魔法】？　いや、光か陽光？　こっちはほかのスキルより弱いみたいだ」

「おおっ！　すごいぞカーク！　そっかあ、じゃあ喋れないだけでカークは言葉を理解できるんだなあ。魔法も使えるし、俺を導いてくれたし……本当に、ありがとう」

「カ、カア」

よせやい照れるじゃねえか、とでも言いたげにカークはそっぽを向く。

コウタとアビーが微笑む。カラスが言葉を理解することについてはいいのか。いまさらである。

そもそも地球のカラスでさえ言葉を理解してそうだ。

「アビー、スキル？以外の情報はわからないの？　カークはひとまわりかふたまわりぐらい体が大きくなって、足が三本で……悪い変化じゃなければいいんだけど」

「まあ大丈夫だろ。この大陸の南東にエルフの島が存在するって伝承があるんだけどよ」

「え？　エルフ？　いるんだエルフ……」

「カア！」

「そうそう、いまはそこは流せってコータ。とにかく、エルフの伝承があってな。そんで、島に行くには『導きの大鴉《レイブン》』の案内が必要なんだってよ。いないとたどり着かねえんだと。太陽の化身だか太陽の精霊なんだそうだ」

「そっか、じゃあ仲間がいるんだね。よかったなカーク、一人じゃないいんだって」

「カァ、カアッ！」

カークがコウタを見つめて強く鳴く。

はっ、元から一人じゃねえよ、とでも言いたいのか。【言語理解】は一方通行なのか。

「この世界、少なくともこの大陸ではエルフもドワーフもいるって話だ。オレはどっちも見たことねえんだけどなあ」

丸太にどっかと腰を下ろして、アビーはそんなことを言っていた。

一人と一羽が我に返る。

「オレたちみたいに前世の記憶が消えてないヤツらが過去にいたのかもな。そんで名前をつけたってセンがありそうだ」

「はあ、なるほど」

コウタは「輪廻転生であり、記憶はなくして生まれ直す」と聞いていた。

だが転生しても体に大きな変化は感じられず、意識は連続しており記憶もある。

アビーは新たな生と体と性別になったが、前世の記憶はある。

ほかに例外がいてもおかしくはないだろう。

「さてっと、んじゃオレも！『鑑定』！」

「あ、自分にも使えるんだ。どうだった？」

「カァー？」

「くふふ、オレは【魔導の極み】だってよ！ほかにも魔法関係にはいくつかスキルっぽいのもあるな。【言語理解】はオレにはついてねえ。けどくふふ、極み。魔導の極み。それもコータの【健康】並みの」

自分の手を見つめて含み笑いするアビー。美少女も形無しだ。

神様に会って【健康】を授かったコウタと同じレベルの強力なスキルであることが嬉しいらしい。

「すごいなあアビー、一八年もがんばってこっちで生きてきた甲斐があったね……あれ？　スキルだから、元から持ってたってこと？」

「いや、これはあくまで『現在の状態』を判別してるだけだ。だから【スキル】があるから魔法が使えるってわけじゃねえ。魔法が使えるから【スキル】として見える、って感じだな」

「なるほどなるほど？」

「カァー」

「そうだなあ、たとえば、コータは【魔法】に関するスキルを持ってねえ。けど、勉強して訓練すれば魔法が使えるようになるかもしれない。そうすりゃオレの『鑑定』で【魔法】のスキルが見えるようになる」

「あれ、じゃあ【言語理解】と【健康】って？」

「それこそ神サマにもらったんじゃねえのか？　ま、その辺はこれから調べてくしかねえな。いまの考え方じゃ、さっきの、細いのに怪力なヤツや特定の動きだけ素早くなる剣士の話が説明できるわけでもねえし」

「はあ」

「カァ？」

「ま、気にすんなってことだ。コータとカークが【言語理解】できて、それぞれ【健康】で【導き手】だってわかってりゃいいだろ」

「カアーッ！」

「ははっ、ごめんごめん、カークは【火魔法】もだったな。……そっか、エルフの伝承。太陽の化身か精霊なんだったら【陽光魔法】、かな？」

「カァッ！」

「おう、んじゃ仮に【陽魔法《ひ》】ってことで」

「おー、かっこいいなあ、すごいぞカーク」

ほわっと胸をふくらませたカークをコウタが指先でくすぐる。

カークは目を閉じてまんざらでもない表情だ。

と、カークが急に目を開けて空を見上げた。

「カアー、カアー」

騒々しく鳴きわめく。まるで、普通のカラスのように。

「おっと、もうこんな時間か。とりあえず今日の寝場所を確保しねえとなあ」

「アビーさえよければ俺たちの寝床を使う？　俺は外で寝るから」

「ん？　いいっていいって。イチかバチかの転移だけどよ、多少の準備はしてきてるからな。今日は外でテント張らせてもらうわ」

「あ、うん、テントがあるならそっちの方がいいかもね。……明日から探索より、過ごしやすい環境を整える方を優先させようかなあ」

「おう、オレも手伝うからな、頼りにしてくれ！」

「……え？　アビー、帰らないの？　ここを出てどこか街で暮らすとか。近くにあるかどうかわからないけど」

「まあちょっといろいろあってな、人里は避けたいんだ。ってことで、あらためてよろしくなコータ、カーク！」

「あっはい。よろしくお願いします」

「カアッ！」

コウタはあっさりとアビーの居住を受け入れた。

美少女との二人暮らしである。美少女とペット……相棒との、二人と一羽暮らしである。

コウタがアビーをすんなり受け入れられたのは、中身が「男」で「男同士」だと認識したせいか。

あるいは。

事情は語られなくとも、「イチかバチかの転移魔法」でコウタは何かを察したのかもしれない。

思わず逃亡してしまうような、あるいはやっていけなくなるようなことが、アビーにあったのだろうと。

深くは聞かない。

自分も、動けなくなった直後は何も聞かれたくなかったから。

コウタはただ受け入れて、アビーをアビーとして接するのだった。

見目麗しい侯爵家令嬢アビゲイル・アンブローズではなく、中身が男の、ただのアビーとして。


「カアー、カアー」

「もうすぐ夕暮れかな？　ちょっと飛んでくる？」

「カアッ！」

一つ大きく鳴いて、カークが大木の根元から飛び立った。

小さな湖の上空を飛んでいく。

空はまだ青い。青いが、わずかに朱が混ざりはじめている。

「おーおー、そういうところはカラスっぽいんだなあ」

「カラスだからね。あ、カラスじゃないんだっけ？　太陽の化身とか精霊とか」

「ははっ、そりゃ伝承の中の話だ。コータとカークがそう思ってんならカラスでいいだろ」

「はあ」

「なあコータ、ご飯はどうしてるんだ？　狩りか？　食えるモンスターを討伐すんのか？」

「いやあ、最初はそう思ったんだけど、動物を捌《さば》くのに抵抗があって……いまは、この木の果実と川で獲った魚で過ごしてるよ」

「へえ。なあ、あの果実はオレも食べていいか？　働かざるもの食うべからずってな、魔法でちょいと落として」

「ああ、その必要はないんだ。食べたいなーと思ったら自然に落ちてくるから」

「…………は？」

「話し込んじゃってお昼食べてないし魚も獲りに行ってないからね、今日は少し多めだとありがたいんだけど。あ、ほら」

　コウタが頭上を指差す。

　カークが帰ってきた、のではない。

　まるでコウタの話を聞いていたかのように、タイミングよく大木が実を落とす。

「…………は？　え、おっと、マジか、なんでちょうど落ちて」

「ナイスキャッチ、アビー。よっ、ほっ」

　コウタとカークが日々お世話になっている果実はビワに似ていた。

楕円形《だえんけい》でオレンジに近い黄色で、大きさはコウタの手のひらほどだ。

アビーが二つ、続けてコウタも二つキャッチする。

もう一つ落下するのを見たコウタはどうしたものかと一瞬迷い——


「おおっ、すごい！　おかえりカーク」


——飛来したカークが、空中でキャッチした。

「大丈夫、大丈夫だ。知能の高い鳥ならアレぐらいやれるはずだ。そうだ、それよりむしろ木の方だ」

「この木がどうかした？　あ、ひょっとしてアビーって人間や動物以外も『鑑定』できる？」

「カァ？」

「おう、そうだ！　コータもカークもいい勘してるな！　『鑑定』！」

言って、アビーは両手に果実を持ったままじっと大木を見つめる。

さっきはコウタやカークに手をかざして「鑑定魔法」を使ったが、アクションは必要ないらしい。

しばらく大木を眺めて。

「うげえっ!?　マ、マジかよ!?」

「え？　どうしたの!?　木を見て驚くってまさかこの実は食べちゃいけないヤツだった!?」

「カアッ!?」

「あーうん、それは問題ねえ。食べて害があるわけじゃねえ。違う問題はあるけども」

「そっか、よかった。俺は【健康】スキル？　があるけど、カークはないもんな」

「カァー。カアッ！」

「それでアビー、違う問題って？」

「この果実なあ。いや、この大木もなんだけどよ……あー、コータ、目覚めたら木の根元にいたって……そこか？」

「あ、うん。根っこのところから入ると、俺がギリギリ横になれるぐらいの空間があるんだ」

「そっかそっか、この木の股《また》で目覚めたと。そんで一週間ぐらい？　この木の果実ばっかり食べてたと。それも、木から渡される感じで」

遠い目をしながらブツブツ言うアビー。

コウタとカークはよくわからず首をかしげている。角度が揃っている。仲良しか。オス同士だが。そういえば、中身だけならオス三人の集まりだ。むさい。外見は男性、鳥、女性だ。むさくない。

「コータ、この木な、たぶん精霊樹の幼木だ。そんで、自ら落としてくれたこの果実はアンブロシアだ。オレの『鑑定』じゃはっきりわからねえけど」

「……え？　アンブロシア？　元の世界の伝説で聞いたことあるような」

「こっちじゃ錬金術や製薬の貴重な素材らしいんだけどなあ。これ一つで城が買えるとか」

「ええっ!?　どどどうしよう、そんな高いもの、俺たちけっこう食べちゃって」

「カアー」

「いいんだって。精霊樹はな、納得しないと果実を落とさねえんだ。無理やりもいだ果実は効能がないらしくってな。意志があるように思えるから『精霊が宿る樹《き》』、精霊樹ってわけだ」

「はあ」

「食べたいって思った時に落ちてきたら、気にせず食べりゃいいって。思ってたのと違うことに使うとなぜか効能がなくなるって話だしな」

「あの、ちなみに効能って？」

「『魔力が高まり、魔力の質は研ぎ澄まされて、身体は健康になる』。コータを『鑑定』した結果に近いかな。コータは神サマ転生で、体は神の力で創られて、精霊樹の股から生まれ、アンブロシアを食べて生きてきた、かあ。こりゃそのうち魔力量も抜かれるかもな。ははっ」

アビーはずっと遠い目のままだ。

現実逃避するかのように、ぼんやりと大木――精霊樹を見上げている。

アビーの手の中にも果実――アンブロシアが握られている。二つ。

空に広がる枝葉がさわっと音を立てた。

「もうアレだな、カークが太陽の化身か精霊なら、コータは神の化身か神そのものだな。これからよろしくお願いしますコウタさん、いや、コウタさま」

「ガアッ！」

「落ち着かないですやめてください、いままで通りコウタで」

「ははっ、わかったよ。それにしても……はあ。精霊樹があるから、オレはここに跳んでこられたんだなあ」

「え？」

「片道転移の条件にな、魔力が豊富で質がいいところって入れてたんだ。そうすりゃ瘴気《しょうき》に満ちたキツい場所には転移しないだろうって。ま、狙い通りだな。精霊樹とコータの存在は期待以上だし！」

「ガアガァッ！」

「おっと、カークもな！」

羽をバタつかせて抗議するカークに笑顔で応じるアビー。わずか一日で仲良くなったらしい。

まあ、二年ぶりに女性と顔を合わせて、人と長く話すのもひさしぶりなコウタと馴染んでいるのだ。カラスと仲良くなるぐらい朝飯前だろう。夕飯前だが。

「よかった、俺のせいかもって心配してたんだ。使えない魔法が変なふうに作用したんじゃないかって」

「ははっ、それはねえよ、安心しなコータ」

ともかく、二人と一羽は果実だけの夕食を終えた。

稀少性《きしょうせい》を知るアビーは食べることをためらったが、一口食べてからは早かった。美味《おい》しかったらしい。

やがて陽が傾いて、茜《あかね》色の空にカークが黒い点を落とす。食後の運動だ。

「アビー、外で寝るって言ってたけど、俺が手伝えることある？」

「ありがとなコータ。けど、必要ねえよ」

いいところのお嬢様らしからぬ笑顔を見せるアビー。

胸の谷間に手を突っ込んで、中にしまっていたネックレスを外に晒《さら》す。

コウタは早めに視線をそらしていた。紳士である。胸派ではないのか。

「さーて、オレがコータとカークの役に立つってところを見せますかね！」

大きな宝玉を中心に、複雑な円陣で飾られたネックレスを手に、アビーが言う。

ようやく、アビー――逸脱賢者――の実力の一端を見せる機会が来たようだ。


「これで準備はＯＫっと」

「うわ、すごい。なんか魔法っぽい」

「カァー」

一方通行の転移魔法で現れたアビーは、荷物を持っていなかった。

アビーの持ち物は着ていたドレスとローブ、それにいくつかのアクセサリーだけだ。

アビーは胸の谷間、もとい、首元から取り出したネックレスをかざす。

魔力をこめると中央の宝玉、続けて宝玉を取り巻く円環が輝き出す。

光は小さな湖のほとり、精霊樹の下、空中に幾何学模様の魔法陣を描いた。地面から一メートルほど離れて、何もない宙空に。

コウタはファンタジックな光景に感嘆を漏らす。

カークは、おいおい、いい歳して、などと呆れた鳴き声を出すも、黒く丸いカラスの瞳は興味津々だ。

「見てろよコータ、カーク。これが逸失してた空間魔法の一種だ。『ワープホール』！」

空中の魔法陣がいっそう輝きを増す。

と、光る円の中からドサッと何かが落ちてきた。

「よしよし、こんだけ離れててもイケるもんだな」

魔法陣が光を失って消える。

ニマニマと笑顔を浮かべて、アビーが落ちてきた何かに手を伸ばす。

リュックである。

リュックと、上部にくくりつけた丸めたテントらしきもの、それにズタ袋が二つと杖《つえ》が一本。

「ワープ!?　荷物をワープで取り寄せたってこと!?　あ、それとも空間魔法なんだし『アイテムボックス』ってヤツかな？」

「カァ、カアカア、カアッ！」

「ははっ、『ワープホール』って名付けたけど、ワープじゃねえんだ。『アイテムボックス』を目指したんだけどな、そこまで便利でもなくて」

ガさごそと荷物を確かめるアビーは自慢げだ。

コウタになら話が通じることが嬉しいのだろう。

この世界の研究者と話すには、イメージや理論からはじめなければ通じないので。

「事前に仕込んでおいた魔法陣の上にあるものを、いま出した魔法陣の下に落とす。置いてあるだけだからな、時間も経《た》つし準備も必要なんだ」

「でもすごいよアビー、離れたところの物を持ってこれるって！　もしかしてこれ、人もワープできるとか!?」

「研究はしてんだけどな、いまんとこ無理だ。体内の魔石や魔力が干渉して失敗してんじゃねえかって予想してたんだけど、神が実在するならそっちかもしれねえな」

「はあ、うまくいかないものなんだね。あ、これがあるから手ぶらだったの？」

「んー、片道転移を発動したのは皇宮のパーティ会場で、荷物が持ち込めなくてさあ」

「こ、皇宮!? パーティ!?」

「カァー」

「ああ。オレはいちおういいとこのお嬢様ってヤツでさ、研究者でもたまにパーティに出なきゃいけなかったんだ。それぐらいならまだいいんだけどよ」

「いいんだ。俺は無理そうだなあ」

「一八歳にもなるとなあ、こっちじゃみんな結婚してるのが当たり前でさ。オレも逃げられなくなってきてな」

「結婚が早いんだね。日本なら一八歳で結婚は珍しくて、むしろ二八歳で独身でも普通だったのに」

「カァ?」

「アビーは結婚したくなかったってこと?……あ」

「そうだコータ。オレは体は女だけど、心は男だ。そんで恋愛対象は女だ。けど、結婚相手は男だ」

「それは……しんどいね……」

「女性の愛人を認めようって申し出てきたヤツもいたんだけどなー。けどほら、旦那様?ともしなきゃいけないわけで」

「カアー」

べっと舌を出して拒否感を示すアビー。

人間は大変そうだな、とカークは呑気だ。

コウタは眉をひそめて俺なら無理だなあ、などと考え込んでいる。

ワープホールで離れた場所から荷物を持ってきたことよりも、アビーの事情に興味があるらしい。

アビーが初めて帝立魔法研究所でこの魔法を披露した時は、上を下への大騒ぎだったのに。

「男と結婚するか。結婚が嫌なら、勇者のハーレムパーティに参加するか。どっちか選べってことになってなあ」

「え、勇者？　いるの？　ハーレム？　何と戦って」

「カァ！」

「まあその話はあとでな。そんで、どっちも選べねえオレは逃げることにしたわけだ。けど普通に逃げたら親父や兄貴たちに迷惑がかかる」

「はあ、そういうものなんだ」

「だからオレは、皇宮のパーティ中に突然消えてやったのよ！　古《いにしえ》の魔法で守られて魔法が使えないはずの皇宮から、衆人環視の中でな！」

「ええっ、それ騒ぎになるんじゃ」

「なるだろうなあ。『まだ知られてない古代魔法文明の守りか罠《わな》が発動したのでは』とか言って！ははっ！」

「それ大丈夫なの？　家族も心配してるんじゃ」

「なあに、ほとぼりが冷めた頃に、実家に手紙でも送っとくさ。さっきの『ワープホール』な、仕込んでおいた場所ならこっちから物を送ることもできるんだ」

「そっか、なら安心だね」

「カァカア！」

呑気かよコウタ、とばかりにカークが羽をばさばさする。カラスのボディランゲージは通じない。

「あとは親父と、優秀な兄貴たちがなんとかしてくれるだろ。いろいろ持ってこれなかったけど、まあ仕方ないってことで。落ち着いたら必要な生活用品を準備してもらうかなー」

「あ、うん、助かります」

「姉妹がいなかったのが幸いだな。姉貴か妹がいたら、オレの代わりにって話になったかもしれねえし」

話をしながらも、アビーの手は止まらない。

さっと魔法を発動して地面を均《なら》す。

リュックからテントを外して、手慣れた様子で組み立てる。

コウタとカークの寝床、精霊樹の根元からやや離れた場所にテントが張られた。

「ま、しばらく生活に困らない程度のものは持ってきてるけどな。人里が近くにない可能性も考えて、保存食やたいていの場所で育つ『芋』なんかも持ってきたし」

「カァ？」

「ああ、明日コータとカークに振る舞ってやろう。まあガサツなオレの簡単料理だけどな！」

焼き固めたパンや芋、調味料が入った小さなツボをズタ袋から取り出して、アビーがニカッと笑う。

ガサツな、と言いながら細く滑らかな金髪は輝いていて、肌にはシミひとつない。

が、コウタがギャップにやられる様子はない。

コウタ、アビーを「男」として考えることにしたようだ。

もっとも、胸元や足を露出されるとついつい目がいきそうになっていたが。哀《かな》しき男のサガである。

ともあれ、野営の準備は整った。

今日はコウタとカークが精霊樹のウロで、アビーは野外のテントで就寝することになりそうだ。

ちなみに、アビーは野外トイレ用の魔道具も持ち込んだ。目隠し用の布も。

アビーの登場で、コウタの生活環境も改善されたようだ。少しだけ。

【3】

コウタとカークの異世界生活の場にアビーがやってきた翌日。

二人と一羽は湖のほとりを離れて、川の下流に向かっていた。

「ここでも太陽は東から昇るんだね」

「カァ!」

「そうそう、つまりオレたちは東に進んでるってことだ。それにしても……」

一行の先頭はカークだ。

二人からやや離れて、木々の間を飛びまわっている。

斥候のつもりなのか、あるいはスキル【導き手】が発動しているのか。

アビーが研究中の「鑑定魔法」は、詳しい効果がわからない。いまのところは。

空を行くカークに遅れてコウタが続く。

コウタはこの世界で目覚めた時から着ていたシャツとズボン、それにサンダル姿だ。

右手に黒い鹿のツノを、左手にはアビーが貸した空《から》のズタ袋を持っている。中には精霊樹が落とした昼飯がわりの果実――アンブロシアが入っていた。

一行の最後尾をアビーが進む。

ローブは昨日と変わらず、服はシャツとホットパンツに着替えていた。

リュックを背負って、右手には杖を持っている。

服もリュックも杖も、空間魔法の『ワープホール』で昨日取り寄せたものだ。

「どうかした？」

「いやあ、この辺はずいぶん瘴気が濃いんだな。精霊樹があってこれかあ」

「瘴気？　あの大木、精霊樹が何かしてるの？」

「ああ。精霊樹は、瘴気を浄化する力があるって言われてんだ。だから樹の近く、湖のあたりは木も土も普通の色だったろ？」

「カアー」

「けど、このあたりから灰色っぽくなってる。そんでこの先は真っ黒だ。これはなかなか」

「えっと、何かマズいのかな？」

「この辺で生息してる動物はすぐ魔石が発生してモンスターになるだろうな。この瘴気の濃さなら強力な個体が発生してもおかしくねえ」

「…………え？」

「それに、この瘴気濃度だと、普通の人間は歩くのもキツいはずだ」

「…………え？　俺、大丈夫？　アビーも平気？」

「ま、オレは体内魔力を活性化させてっから問題ないけどよ。それにコータは【健康】があるだろ？」

「たしかに。あ、カークは、まさかモンスター化しちゃったり」

「まあ見た感じだとしんどそうな様子はないし、大丈夫じゃねえかな。なあカーク？」

「カァッ！」

アビーの問いかけに応えるかのように、カークが力強く鳴いた。ばさっと羽を広げる。はっ、平気だって、とでも言っているのだろう。カラス語は通じなくとも、カラスの仕草と表情はわかりやすい。

「ならいいんだけど……」

「黒い森に覆《おお》われた山々、か。しかも西側の山は、頂上に雪が残ってるほど高い。これは」

「アビー、この場所に心当たりあるの？」

「ああ。たぶん、ここは大陸の西の端。人も動物もモンスターも生きていけない『死の谷《デスバレー》』の先、瘴気に覆われた『絶黒の森』だろうなあ」

「カァ？　カアカァ！」

「な、なんかすごい名前がついてるね」

「まあな。ほら、この黒い森はおかしいだろ？　虫を見かけない。動物も少ない。そのへんは瘴気の濃さのせいだな。死に絶えたか、モンスターに変異したか」

アビーの物騒な発言に、コウタがきょろきょろと視線を巡らせる。

周囲に気配はない。

まあ、先日は気配を感じることもなく黒い鹿に突っ込まれたのだが。あと魚。

「えっと、アビーが来た場所からは遠いの？　転移してきたわけで、そんなに遠くないとか」

「この大陸の東の端だな。海路は命がけだから、歩いていくならはるか彼方《かなた》だ」

「たいりく、反対側」

「まあそこまででかい大陸じゃないと思うんだけどな。オレはオーストラリアぐらいだって推測してる。海に囲まれてるのも似た感じだし」

「はあ、なるほど。けどオーストラリアも広かったような……絶黒の森を出て死の谷《デスバレー》を越えて、オーストラリアを横断して、やっとアビーが住んでた国……」

「ははっ、そこまで人里がないってことはねえだろ。ほら、この土地の名前が伝わってるってことは行って帰ってきたヤツがいるってことだ。たぶん」

「カアッ！」

肩を落とすコウタを励ますようにカークが鳴く。

俺ならひとっ飛びだぜ、とでも言いたいのか。もしそうだとしてもコウタは飛べないし乗れないのだが。

「けどコウタ、人里を探してどうするつもりなんだ？　やっぱりそっちに住むのか？　冒険者にでもなって無双するか？　【健康】があるんだ、人が行けない場所を狙えば一攫千金《いっかくせんきん》も夢じゃないぞ？」

「どうかなあ、俺には向いてない気がする。俺はただ、『健康で穏やかな暮らし』がしたいだけだから」

「なるほど……んん、どうすっかなあ」

「カア？」

「それに、人と話すのはあんまり得意じゃないんだ。アビーは話しやすいけど」

「ははっ、ありがとよ。オレも、同郷の男同士で話すのは気楽でいいぜ」

ニカッと笑うアビー。

男っぽい言葉と笑みだが、一八歳で容姿端麗ないいところのお嬢様だ。侯爵家令嬢だ。

本人の内面は男だし、前世の記憶もあってこちらの方が素のようだが。

「迷ったけど、伝えとく。コータ、人里に出ても、精霊樹とアンブロシアのことは隠しておけ。誰にも言わない方がいい」

「え？　なんで？」

「アンブロシアは精霊樹の意志がないと効能はねえけど……精霊樹と葉は、それ自体に価値があるんだ。枝や幹は杖、魔法の発動体としては最高の素材らしい。葉や樹液は錬金術に使われる」

「それじゃ、もし見つかったら」

「伐《き》り倒されるだろうな。死の谷《デスバレー》と絶黒の森を越えられれば、だけどよ」

「カアー」

人間は強欲だな、とばかりにカークは呆れ声だ。今朝、枝に止まってじっと果実を見つめていたことは忘れたらしい。我慢できたし。

コウタの歩みが止まる。

わずか一週間と一日だが、寝床となり食料を提供してくれた精霊樹に、愛着が湧いているのだろう。

「もし伐り倒されたら、あの辺も瘴気で満たされるだろうな。そうなりゃ盆地丸ごと『絶黒の森』だ」

「それは……けど、秘密にしてても、もしここが誰かに見つかったら」

「ソイツが自分で伐って大金を手にするか、国や冒険者ギルドに報告して高額報奨金をせしめるか。黙ってるメリットはないからなあ」

「そっか……」

コウタの足は動かない。

右手に持ったツノをだらりと垂らして考え込む。

飛んできたカークが肩に止まっても動かない。頭に移動しても動かない。

頭の上のカークが心配そうにひゅっと真下を覗き込んでも動かない。

やがて、コウタが顔を上げた。

カークが羽を開いてバランスを取る。

「人里は探す。いまのままじゃ必要なものも手に入らないし。けど、俺――」

二年前、薄暗い部屋で無気力にぼーっと過ごしていた男の姿はない。

一年前、話し相手はカラスだけで、それでも、それだけで「外の世界とつながっている」気がした男ももういない。

コウタは【健康】を得た。

友達もいる。カラスだけど。

友達になりかけている女性？　男性？　もいる。

「俺は、ここに住むよ。俺が守るとは言い切れないけど、精霊樹が伐り倒されるのは嫌だから」

顔を上げて、コウタは宣言した。

じゃっかん弱気だ。けれどカークは茶化さない。コウタの頭の上に腰を下ろして寄り添っている。

「よーし、そうこなくっちゃな！　オレも乗ったぜコータ！」

「カアー！」

「あれ、アビーはほとぼりが冷めたら帰るんじゃ」

「はっ、こんな気楽な暮らしを一日でも体験したら、あんな堅苦しいとこもう戻れねえって！」

「カアー！」

コウタの決意を聞いて、あっけらかんとアビーは笑う。

コウタにスルーされたカークが頭上で抗議する。

「ここに住む。うん、俺はここで、『健康で穏やかな暮らし』を送りたいと思うんだ」

「おう！　こうなりゃ村でもつくってのんびり暮らすか！　スローライフってヤツだな！」

「スローライフか、いいかもね！」

「それにはちょっと物騒だけどな、人も物も足りねえし」

「カァッ！」

アビーの冷静な言葉に、任せておけ！　とばかりにカークが鳴いた。【導き手】のスキルを持つ三本足のカラスが鳴いた。

「あらためてよろしく、アビー」

「おう、こちらこそよろしくな、コータ！」

「……もとい、二人の手と一羽の足が重なった。手はない。カラスなので。

アビーいわく『絶黒の森』で、二人と一羽の手が重なった。

「おうおう拗《す》ねるな拗ねるな、忘れてねえって。よろしくな、カーク！」

「うん、これからもよろしくねカーク」

「カァーカア、カアァッ！」


二人と一羽は探索を続ける。

湖から流れ出た川を、東——下流に向かって進んでいく。

「服は欲しい。それに、ヒゲソリとか歯ブラシもいるよなあ。あとはリュックとか、桶《おけ》もあると便利かな。あ、調理器具も必要か」

「そうだな、オレも替えは準備したけど、コータの分までまわせるほど持ち込んでねえし」

「え？　その、服を借りるわけには、服は女性用だよね？」

「はっ、慣れりゃなんとかなるって！……そういや、オレはもう女モノを着る必要もないんだな」

「カァ」

「よーし、さっさと人里を探すぞコータ、カーク！　そんでオレは堂々と男モノを着るんだ！」

アビーの体の性別は女で、心の性別は男で、恋愛対象は女だ。

これまでは「侯爵家令嬢」という立場があったためレディースを着ていたが、ここでは家は関係ない。

『絶黒の森』に、アンブローズ家を知る者はいない。

意気揚々と歩き出したアビーだが、すぐに足を止める。

前方に険しい視線を向けて、すっと杖を構える。

「コータ、カーク」

「カァッ」

「どうしたの、ってああ、また会ったのか」

二人が歩いて一羽が飛んでいた川沿いの、さらに川寄り、岩がゴロゴロした河原。

そこに、一頭の鹿がいた。

左のツノがない黒い鹿だ。

三度目の邂逅《かいこう》である。

「おいコータ、コータが持ってるツノってまさかアイツの」

「うん、そうだよ。すごく役立ってるからお礼をって思ってたんだけど……」

「カアッ！」

「どう考えても殺《や》る気だなアレ。『絶黒の森』の、瘴気で変異した黒い鹿、ツノは木を切断できるほど……アイツまさか」

「知ってるのかアビゲイル」

「なんだその言い方。ああ、たぶんアレは──絶望の鹿《ホープレス・ディア》だ」

「カァ？」

「え？　俺にツノをくれた親切な鹿なのに？」

「親切ってことはないいんじゃねえかなあ。遭遇したら生きて帰る希望を捨てろって言われてるモンスターだし。ほらコータ、向こうは殺る気だぞ」

三度目の邂逅に驚いていた黒い鹿《ホープレス・ディア》は、頭を下げて右のツノを突き出して、前足で地面をかき出した。

ブフーッと荒い鼻息を漏らす。

体色の黒が浮き出たかのように、ぼんやりと黒いモヤが立ち昇る。

「どうするコータ、オレが戦《や》るか？」

「平気だってアビー。やっぱりお礼を言いたいしね」

コウタが前に出る。

黒い鹿《ホープレス・ディア》がツノをかざして突進する。ためらいなく、迷いなく一直線に。今度こそ本気の本気なんで。アンブロシア喰《く》って強くなったんで。とでも言うかのように。なおアンブロシアの目的外使用は効能がない。

一人と一頭が激突する。

プライドを賭けた黒い鹿《ホープレス・ディア》の猛進は、コウタの素手で止められた。

「よしよし。この前はありがとな、このツノ、ほんと役に立ってるよ」

「カ、カァ。カァー」

左手で頭を撫でる。

右手に持った剣状のツノを見せてニコニコとお礼を言う。

何やってんだコウタ、とカークの鳴き声は力ない。

「ははっ、遊びたいのかな？　よーしよし」

ぶんぶんと頭を振って離れようとする黒い鹿《ホープレス・ディア》をコウタが撫でる。

三度目の遭遇だが、一人と一頭はわかりあえないらしい。

「聞いてはいたけど、この目で見ると信じられねえよなあ。これが【健康LV．ex】か。絶望の鹿《ホープレス・ディア》をペットみたいに……」

「カァカァ」

驚くアビーに、ほんと信じられねえよな、とカークが同意する。

会って二日目だが、一人と一羽はわかりあえたらしい。

「そうだ、今日はお土産があるんだ」

「あっおい。……まあ願いと違ったら効能がないし、アンブロシアをあげても問題ねえか」

黒い鹿《ホープレス・ディア》から手を離して、ガサゴソとズタ袋をあさるコウタ。

アビーはコウタに声をかけて、鹿と目が合った。

コウタの手から解放された、鹿と。

黒い鹿《ホープレス・ディア》の目がギンッときらめく。

ふたたび黒いモヤが立ち昇る。

俺は強いんだ、強いはずなんだ、アイツならイケる、イケるぞ俺、と自分を励ましてるのか、前足で地面をかいて準備する。

ぐっと頭を下げて。

「おいおい、誰を相手にするつもりなんだ？　『空間斬《ディメンションカット》』」

言って、アビーが黒い鹿《ホープレス・ディア》に杖を向けた。

何も見えない。エフェクトはない。

コウタはぽかんとして、カークは頭ごと視線を動かす。

まるで、見えない何かを追っているかのように。

黒い鹿《ホープレス・ディア》の、残った右のツノの先端が、スパッと切れた。

「戦る気なら、次は当てる」

眉を寄せて黒い鹿《ホープレス・ディア》を睨みつけるアビー。

黒い鹿《ホープレス・ディア》はぷるぷる足を震わせる。へなっと力なく頭を下げる。上目遣いでアビーを、コウタを見上げる。

そんな滅相《めっそう》もない、えへへへへ、とばかりに。諦めたらしい。ホープレス。

「おおっ、そんな離れたところから！　すごいんだねアビー！」

「カァ、カアカアッ！」

「はっ、オレは『逸脱賢者』だからな！　空間魔法を使えばこんなもんよ！」

「空間魔法！　すごいなあ、俺も勉強すれば使えるようになるかなあ」

「よし、コータとカークにはオレが教えてやろう！　いまのはな、このあたりの瘴気を利用して自前の魔力を節約するって高度な小技も駆使しててだな」

鼻高々なアビーがぐっと胸をそらす。羽織ったローブごと盛り上がる。

コウタが気づいてなんとか視線をそらす。

後ろ向きにじわじわ遠ざかる黒い鹿《ホープレス・ディア》と目が合った。

「あ、ごめんね鹿さん。大丈夫？」

黒い鹿《ホープレス・ディア》はビクッと固まって、ソロソロと頭を下げる。

そのままバックしていく。アッシはこの辺で失礼しやす、とばかりに。

「そうそう、忘れるところだった。ツノがすごく役に立ってて、これ、追加のお礼と……その、今日のお詫《わ》びに」

コウタがひょいっと果実を投げる。

黒い鹿《ホープレス・ディア》がなんなく口でキャッチする。

片角の黒い鹿《ホープレス・ディア》は、果実をくわえて去っていった。前回同様、その場では食べないらしい。

「おおー、ツノの欠片《かけら》、ナイフにちょうどよさそう。お礼、足りなかったかな」

「カアー」

アビーが切り落としたツノの先端を拾うコウタ。

三〇センチほどの長さでまっすぐな刃物は、枝分かれしたツノそのものよりも使い勝手がいいだろう。

カークも満足げだ。

「まあいいんじゃねえか？　効能がないっていっても貴重なアンブロシアなんだ、絶望の鹿《ホープレス・ディア》のツノの欠片でも、釣り合わねえってことはねえよ」

「え？　さっきのは、精霊樹に『あの鹿にお礼がしたいんです』って言ったら落としてくれた果実だけど……」

「カァ？」

「ああああああ！　そんなの食べさせたら！　絶望の鹿《ホープレス・ディア》が強化されるじゃねえか！　絶望の先って

なんだ!?」

アビーが叫ぶ。

コウタがビクッと飛び退《すさ》る。カークもぴょこっとバックする。

「オレ、常識から外れてるから『逸脱賢者』って言われるようになったんだけどなあ。昨日からオレは常識人になった気がする。ははっ」

アビーの力ない声は、絶黒の森に溶けていった。

コウタとカークが異世界生活をはじめて一週間と一日、アビーを迎えた二日目。

けっきょく、この日の探索に新たな発見はなかった。

黒い鹿《ホープレス・ディア》の名前が判明したしナイフ状の刃物を手に入れたし、二人と一羽が仲良くなったことは別として。

精霊樹と湖のほとりに村をつくる。

コウタとカークとアビーの道のりは、まだはじまったばかりだ。


【4】


コウタとカークが異世界生活をはじめて一週間と二日、アビーを迎えた三日目。

一行はまた探索に出ていた。

数時間かけて森を抜けて、二人と一羽は盆地を囲む山を少し登ったところで足を止めた。

「アビー、この辺でどう?」

「いいんじゃねえか？　このデカい岩は、身を隠すのにちょうどいいしな」

「了解。カークー！」

「カァー、カァー。ガア！」

コウタが叫ぶと、夕焼け空を気持ちよさそうに飛んでいたカークが返事する。

すっと飛んできて、大きな岩の頂上に止まった。

湖から流れ出る川沿いを歩いてきたコウタとアビーは、盆地の終わる場所で山に登った。

川の両岸が切り立った崖になっていたため、川沿いを諦めたのだ。

無理すれば行けないこともないだろうが、探索の目的は下流に向かうことではない。

まずは盆地に人がいないか見てみようと、一行は見晴らしのいい場所まで登ったのだ。

カークの飛行は、キレイな夕日で気持ちが乗ったから、ではない。空から人里を探すためである。

たぶん。

「おおっ、いい眺めだ。……けど、湖と精霊樹のあたり以外はずっと森だなあ」

「コータ、コータ。たしかに見通しいいけどよ、森は真っ黒だぞ。いい眺めか？」

「カアッ！」

俺はいい眺めだと思う、とばかりにカークが鳴く。三本足の黒いカラスにとって、黒は忌避する色ではないようだ。

「煙も屋根も見えねえ。『絶黒の森』――盆地に人がいる気配はなし、か。まあ隠れ住んでたりダンジョンがあったらわかんねえけど」

「カァ？」

「え、ダンジョンがあるの？」

「一般的な意味ならあるぞ、ダンジョン。ここはどうだろうなあ、瘴気の濃さを考えたらあってもおかしくねえんだけど」

話しながら、アビーは野営の準備を整える。

魔法で地面を均して、持ってきた布を大岩に引っ掛ける。これも魔法を使っているらしい。

コウタは道中で拾った枯れ木を適当な長さに切る。もらったばかりのツノの先端が活躍している。

カークは五メートルほどの岩の頂上で周囲を見張っていた。手伝おうにもカークは手伝えない。手がないので。

見下ろした盆地はそれほど広くない。

中央近くにある小さな湖から、森を一日歩いただけで東の山までたどり着けるほどだ。

いびつな形ながらおおよそ丸く、直径は二〇キロメートル程度か。

踏破するだけなら難しくないだろう。

もっとも、『絶黒の森』を踏破するには距離ではなく、瘴気とモンスターが問題になるのだが。

木々が本来の色を見せるのは盆地の中央、精霊樹と湖のそばだけだ。

中心から離れるほどに色あせて、途中から黒く変色していく。

コウタとアビー、カークがいる山は、ふもとの地面まで真っ黒だった。

照らす夕日を飲み込むような漆黒だ。

野営の準備を進めるコウタが、ふと手を止めた。

「あれ、精霊樹から離れたら瘴気があって、俺やアビーやカークは問題ないけど、動物はモンスターになるかもしれないって……野営、危ないんじゃ」

「ははっ、任せとけコータ。オレは『逸脱賢者』だぞ？　空間魔法で見つかりにくくしてやるさ」

「カァ！」

「ちなみに、空間魔法で敵の侵入を防ぐ『結界』なんかは」

「……………研究中だ」

コウタの質問に、アビーはふいっと視線をそらした。

同郷の男同士、似たような発想はあったらしい。

「一日で山の中腹までかあ。この山を越えたら人里があるといいんだけど」

「カァ？」

露骨に話題を変えるコウタ。露骨だが、二年ぶりに人と過ごしていることを考えると気遣いできている方か。カークは、見てこようか？　とでも言いたいらしい。気遣いできるカラスである。賢い。

「でも、今回はここまでにしようか。川から離れたから、この先に行くには水場を探さないとだし」

「だな。一泊ならともかく、長期間ならちゃんと準備しねえと」

「そうだね、山越えだし……何が要るだろ。あ、でも帰っても何もないや。やっぱり早いとこ人里を見つけないとなあ」

「けどコータ、この山を越えても街や村があるとは限らねえぞ？　この向こうは侵入者を迷わせる『死の谷《デスバレー》』だからな」

「カァ？」

「あーそっか、谷が入り組んでてもカークには関係ねえのか。ならオレたちはなんとかなるかもな。頼むぞ【導き手】」

「カアッ！」

「そっか、カークは空を飛べるから。あれ、アビーの空間魔法で転移はできないの？　長距離じゃなくて見える場所になら」

「……研究中だ。やれないことはないと思うんだけどな。ほら、自分で実験するわけにはいかねえだろ？」

アビーは、失敗したら取り返しがつかねえからな、と続ける。

二人が野営の準備を整えている間に、夕日はすっかり傾いた。

斜面を照らす西日さえ届かなくなって、黒い森は暗闇に包まれていく。

「死の谷《デスバレー》があるのは大陸の西の端の方だ。この辺に大きな国はないんだけどよ、南北に外れれば小規模な集落や村なんかはあってもおかしくない」

「あれ？　谷の東の方はどうなの？」

「大陸の中央は、瘴気が立ち込める魔王の領域だ。勇者の旅の目的地だな。ま、谷から東方面は近づかない方がいいだろ、たぶん」

「魔王も、いるんだ」

「勇者はともかく、魔王はこっちから侵入しなければ襲ってこねえよ。野良モンスターが危ないから『近づかない方がいいだろ』ってだけでな」

「はあ、それで谷の東は行かない方がいいと。ぐるっとまわるんじゃ、アビーはなかなか帰れないね」

「カァー」

「気にすんなって！　オレはこっちの生活の方が性に合ってるからな！　なあに、その気になりゃ『ワープホール』で手紙や物資のやりとりはできるんだ、問題ねえって！」

「そっか……」

身一つでやってきたコウタとカークと違って、アビーには家族がいる。

ただ、アビーが気に病む様子はなかった。

貴族の子女ではなく、「男」として生きていけるいまの方が気楽なようだ。

「ま、まあ、明日帰ったら手紙を送っとくかな！　オレは元気で楽しくやってるって！」

心配そうなコウタの視線に負けたのか、アビーは手紙を送る決意を固めたらしい。

ほとぼりが冷めるまで連絡を取らないはずだったのに。

「大丈夫、表に『誰にも見られない場所で読め』って書いとけば、親父なら気がまわるはずだ。あー、ぜんぶ投げ出して逃げてきたかんなあ、何書きゃいいんだろ」

コウタが準備した枯れ木に火をつけたあと、アビーは手頃な岩に腰掛けた。

ガリガリ頭をかきながら、貴族の子女らしからぬ口調で悩む。中身が男なアビーにとって、こっちが素である。

コウタはただ、「両親に手紙を出す」と決めたアビーをニコニコ見守っていた。

カークは大岩から降りて、ひょいっと小首をかしげてアビーの百面相を覗き込んで、その独り言を聞いていた。【言語理解】の無駄遣いである。

ともあれ。

二人と一羽の、初の泊まりありの探索は終わった。

精霊樹と小さな湖のほとりで暮らしていく。そのために村をつくると決めたものの、すんなりとはいかない。

なにしろ近くに人里はなく、必要なものさえ簡単には手に入らないのだ。

翌日、二人と一羽は精霊樹のもとに帰って、長期探索の準備を進めていく。

コウタの服の臭《にお》いが水洗いではどうしようもなくなる前に、人里が見つかることを祈るばかりである。


【5】


「な、なあコータ、これでいいかな、親父もおふくろもわかってくれるかな。おかしいとこねえかな」

金髪碧眼の美少女が、不安そうな顔でコウタを見上げる。

距離の近さにコウタが後ずさる。中身は男だと認識しても、外見の印象はなかなか抜けないらしい。いい匂いもする。

「カァ……」

カークの弱々しい声が湖のほとりに消えていった。

コウタとアビー、カークが連れ立って探索に出かけた二日後。

アビーは、実家に転送する家族宛ての手紙を書いていた。昨日から書いていた。

持参した紙は何枚もダメにして、魚の燻製《くんせい》を試作するための焚《た》き付けになっている。

「大丈夫じゃないかな？」

「あああああ、やっぱりほとぼりが冷める頃に送るってのは」

「家族には知らせてあげようよ。きっと心配してるから」

「カアッ！」

「わかってる、わかってんだけどよ」

結婚か、男である勇者以外は全員女性の「勇者パーティ」に入るか。

どっちも選べずにアビーは逃げ出した。

誰しも譲れないものはある。

逃げ出したことに後悔はないが、あらためて家族に報告するのはまた別だ。

アビー、複雑な感情に襲われているらしい。

「あああああ」

「アビー。先送りにしてると、どんどん連絡しづらくなるよ」

「……そういやコータは」

「それで、何も知らせないうちにこうなることだってあるんだ」

「その、すまん、コータ」

「カアー」

同郷だと判明したあとに、コウタはこの世界に転生したいきさつを語っている。

会社を辞めてほぼ引きこもっていたことも、身の上話も。

アビーはこの世界の両親がいるが、コウタにはいない。手紙の届かない、元の世界にいる。

「……そうだな、うん。うじうじしてないで覚悟決めるか！　これで送るぞ！　男は度胸！」

「はは、そうだね。がんばって、アビー」

「カァッ！」

コウタに背中を押されて、アビーがネックレスを取り出した。

中央の宝玉、続けて宝玉を取り巻く円環が輝き出す。

光は小さな湖のほとり、精霊樹の下、空中に幾何学模様の魔法陣を描いた。

地面から一メートルほど離れて、何もない宙空に。

「今度はこっちからあっちへ、だな。『ワープホール』！」

空中の魔法陣がいっそう輝きを増す。

光る円の上に、アビーがそっと手紙をのせた。

すっと落ちて円に触れる。

手紙が消えた。

「よし、うまくいった、はずだ」

「お疲れさま、アビー。返事が来るのは二日後だっけ？」

「早ければ、だな。親父が手紙に気づいて、その、逃げ出したオレのことを許してくれれば、だけど……」

「大丈夫じゃないかなあ、たぶん」

カークにつつかれるまで、しばらくの間。

コウタとアビーは、光が消えた何もない空間を、ただじっと見つめていた。

そこは「きっと」じゃねえのかよ、とカークが突っ込む。カラス語は通じない。

「カアッ！」

【6】

アウストラ帝国、帝都の貴族街の中でもひときわ大きな邸宅。

その執務室で、一人の男が立ち上がる。

「そうか。アビーが無事なら、ひょっとして」

デスクを離れて背後の壁に向かう。

と、男の——侯爵の姿が消えた。

愛娘と同じように転移魔法を使ったわけではない。

一見しただけではわからない、柱と壁の隙間《すきま》に入り込んだのだ。

侯爵家のタウンハウスに設けられた「隠し通路」である。

知るのは代々の当主と長男、それと。

「『空間魔法の使い手なんだ、気づいて当然だろ?』なんて言ってたなあ。はは、懐かしい」

隠し通路の存在を教える予定のなかった愛娘が知っている。

侯爵は魔法で明かりをつけて、狭い階段を降りる。

肩が壁に触れて豪奢《ごうしゃ》な服が汚れることも気にしない。

階段を降り切ると、やや開けた空間にたどり着いた。

隠し通路は帝都から逃げ出すためのものではない。

もしもの時に立てこもるシェルターであり、何代前かの当主は財産を隠す金庫がわりに使っていた場所でもある。

だが、現侯爵はそのいずれにも使っていない。

いちおう食料は置いてあるが、メインの使い方ではない。

そもそもメインで使っていたのは侯爵ではない。

「荷物が、ない？」

侯爵はふらふらと、隠し部屋の一角に進んでいく。

床に描かれた魔法陣に近づいていく。

呆然《ぼうぜん》と、荷物が消えた空間を見つめて。

そして、見つけた。

荷物が消えたかわりに、魔法陣の上に置かれた一通の手紙を。

手紙の上にのせられた、「誰にも見られない場所で開けるように」というアビーのメモを。

「よかった……生きていたんだね、アビー」

声は震えている。

伸ばした手も震えている。

敏腕で知られた侯爵は、行方不明になった愛娘の手紙を手に、涙を流した。

「まあ！　では、あの娘《こ》は生きているのですね……よかった……本当に、よかった……」

「ほらほら、あんまり驚いてはいけないよ。体に障《さわ》るからね」

「まあアビーに何かあるとは思ってなかったけどね。はあ、『古代魔法文明の転移の罠が活きていたのか！』って大騒ぎしてる帝立魔法研究所になんて言おう。そのまま言うわけにはいかないしなあ」

「黙ってりゃいいんじゃねえか兄貴？　それにしても、結婚も勇者のお仲間もそんなにイヤだったのかねえ」

「坊っちゃま、言葉遣いが乱れてますよ」

「いいじゃないか婆《ばあ》や。ここには家族と婆やしかいなくて、妹の無事を喜んでるだけなんだから」

「目をつぶるのはいまだけですよ」

「ふふ、そんなこと言って、婆やも顔が緩んでいますよ」

「まったく、奥様まで」

娘の手紙を手にした侯爵は、すぐに夫人の元へ向かった。

侯爵夫人──アビーの実母は体が弱く、いまも寝室で伏せっている。

静かな環境を整えるため、家族と信頼するメイド長以外が入ってくることはない。

内密な話をするには格好の場である。

「勇者か。模擬戦をしたのだろう？　印象はどうだった？」

「剣技は並、魔法もアビーほどではありません。ですが、強い。拙《つたな》い剣技でも技量差を覆すほどの身体能力がある」

「へえ。けど、兄貴は勝ったんだろ？」

「ああ。勇者は強い。鍛えていけばさらに強くなるだろう。だが、怖くない。あれは戦人《いくさびと》ではない」

「……なるほど。宮廷で耳に入ってくる噂話《うわさばなし》は正しそうだ」

「ほらほら貴方《あなた》たち、アビーが振った勇者の話はそこまでにしましょう。いまはアビーのことですよ」

「そうだな、おまえ。いまはアビーの無事と……優男に託さなくて済んだことを喜ぼう」

「もう、貴方ったら」

侯爵夫妻が微笑みをかわす。

二人の息子は口を挟まない。両親がお熱いのはいつものことである。

「物資の手配は婆やにお願いする。貴族が使うものより市井の品の方がいいだろう」

「承りました」

「隠し部屋への運び入れは私がしよう。手紙を送りたければ、本日中に用意するように」

「あなた。それと、アビーに贈りたいものがあるのですけれど……」

「なんだ？」

「騎士にも長髪の方がいらっしゃるでしょう？　その方たちは鎧《よろい》を着ている時にどうしているのかしら？」

「髪留めを使っているようですよ、お母様。兜《ヘルム》をかぶるには邪魔になるからと――」

「ふふ、そう。うふふ」

三人の母である侯爵夫人は、イタズラを企《たくら》む子供のように笑った。

行方不明になったけれど、娘——兄たちにとっては妹——は、無事にやっているらしい。

安心した家族の間には、ひさしぶりに穏やかな時間が流れた。

その二日後。

隠し部屋に用意された荷物と手紙は、忽然《こつぜん》と消えた。

皇宮から消えた、アビーと同じように。

アビーへ
この手紙はアビゲイル・アンブローズ宛てではなく、アビーに向けて書こう。
だから貴族らしい言いまわしともオサラバだ。
アビーからの手紙は受け取った。
心配することはない、帝国はアビー一人いなくなるだけで揺らぐほど弱くないよ。
侯爵家が疑われることもなかった。
「古《いにしえ》の転移罠か!?」と帝立魔法研究所が大騒ぎしてるけど、まあいつものことだ。
あの変人たちのことはアビーの方がよく知ってるだろう?
こっちは心配いらないよ。
だから、アビーが元気にやってるならそれでいい。

たまに手紙を送ってきて、心配する母親を安心させてやってほしい。

それにね、アビー。

私はこれでよかったんじゃないかと思ってるんだ。

ずっと悩んできた。

私たちは、アビーを侯爵家令嬢という型に嵌《は》めてきたんじゃないかって。

だから……。

アビーが自由に生きていけることを嬉しく思う。

元気で楽しく自由に、アビーの思うままに生きていってくれればそれでいいんだ。

頼まれた物資も、この程度、遠慮も心配もいらない。

なにしろウチは侯爵家だからね、貴族らしくない品を手配するのが大変だったぐらいだよ。

いつでも、何度でも頼んでほしい。

できれば手紙と一緒にね。

頼まれた物資のほかに、一つ用意したものがある。

新たな人生を歩むアビーに、私たち両親からの贈り物だ。

騎士が髪を結ぶ時に使う革紐《かわひも》を入れたから、よかったら使ってほしい。

鎧トカゲの皮から作られたもので、武勇と生還を祈る縁起ものだそうだ。

いまのアビーには髪留め《バレッタ》でも髪飾り《ティアラ》でもなく、こっちの方がいいだろうってね。

アビーの、私たちの愛する息子の新たな旅路に、自由と幸福があらんことを。

それじゃあまた。

手紙、待ってるよ。

第二章 コウタ、勇者に追放された荷運び人《ポーター》と出会って村づくりをはじめる

【1】


大陸東部のアウストラ帝国よりさらに北。

北東部の半島の根元、コーエン王国に二人の男の姿があった。

早朝、ダンジョンに近い小さな街が活気づいてきた時刻だ。

が、一人の男の顔は暗い。

何度も口を開きかけては閉じる。

ニコニコ微笑《ほほえ》む少年に、言いづらいことがあるらしい。

意を決して、男はその言葉を投げかけた。

「ベル。この先の旅に、荷運び人《ポーター》は連れていけない」

「そうなの？」

「ああ。荷運び人《ポーター》を守りながら戦うのは難しくなるんだ」

「そっかあ。あれ、でも荷物はどうするの？」

「この前、ヨークケイプダンジョンで古代魔法文明の遺産、念願の『アイテムボックス』を見つけただろ？　あれに入れていくよ」

「そうだったね！　じゃあ荷運び人《ポーター》の僕の役目は終わり？」

「ああ、その、言いづらいんだけど、この先、ベルは荷運び人《ポーター》じゃなくて」

「ううん、仕方ないよ！　それじゃサヨナラだね！」

「あっ、待っ」

「じゃあね勇者さま！　旅の成功を祈ってます！」

荷運び人《ポーター》はもう必要ない。

つまりリストラだ。

もしくはパーティからの追放だ。

けれど、言われた荷運び人《ポーター》は笑顔のまま爽やかに別れの挨拶を述べた。

そのまま歩き去ろうとする。

「あー、うん、そうなるかあ。ベル、せめてアレを持っていってほしい」

「え？　いいの？」

「ああ。俺たちからの餞別《せんべつ》だ。いままでありがとう、ベル。ベル・ノルゲイ」

「こちらこそありがとう！　それじゃあね！」

勇者と荷運び人《ポーター》のベルは短い付き合いではない。

勇者が旅をはじめてからずっと一緒で、かれこれ二年近くなる。

だが、別れはあっさりしていた。

「よいしょっと」

いつも使ってきた背負子《しょいこ》を、上にのっていた荷物ごと担いで、ベルはスタスタ去っていく。

二年も一緒に旅をしてきて、それなりに勇者と会話してきたのに。気にしない性格《タチ》か。

宿を離れて大通りを進む。

外につながる門の前で、ようやくベルが振り返った。

勇者と、宿から出てきて勇者に寄り添う聖女、女騎士、暗殺者あがりの女斥候に目を向ける。

「じゃあみんな、元気でね！　がんばって！」

ぶんぶんと大きく手を振って、ベルは街を出た。

涙はない。顔が曇ることもない。笑顔は崩れない。明るいタイプのコミュ症か。

「はあ」

ベルを見送った勇者が大きなため息をつく。

「あっさり行っちゃいましたね」

「ちょっと、ポーターを辞めて戦闘に協力してほしいって頼むんじゃなかったの!?」

「いやあ、あれは無理だよ。荷運び人《ポーター》の村に生まれて荷運び人《ポーター》になるために育てられてきたベルに、荷運び人《ポーター》以外のことをやれって言えないよ」

「うっ。それはまあそうだけど。あの子、天然が過ぎるし」

「けれど、大きな戦力を失ってしまったのではないでしょうか。あれほどの運搬力です、その気になればパーティごと守れる巨大な盾やバリスタ、大型の投石機さえ運ぶことも」

「荷運び人《ポーター》を守りながら戦うのは難しい。だから自分の身は自分で守って、大型兵器でサポートしてほしかったんだけど……」

「仕方あるまい。ベルは荷運び人《ポーター》であることに誇りを持っているのだろう。譲れない想いは誰しもあるものだ」

「そう、そうね。よし！　ほら勇者さま、しょげてないで出発の準備をしましょう！　次は魔法使いを探すんでしょう？」

「うん、そうだね。……アウストラ帝国に行ってみようか。『逸脱賢者』っていう有名な魔法使いがいるそうなんだ。いくつかエピソードを聞いたけどもしかしたら俺と同じ――」

「彼《か》の地の大聖堂を一度は見てみたいと思っていました。到着したら立ち寄ってもよいでしょうか？」

「アウストラ帝国か。騎士団も精強だと聞いている。あるいはしばらく滞在して鍛えてもらうのもいいかもしれないいな」

「はは、俺の剣技はまだまだだからね」

仲間と話して気持ちを切り替えたのか、勇者がうっすらと笑みを浮かべる。

美女美少女たちを従えた勇者に、街ゆく男が「爆発しろ」「もげろ」と言わんばかりの目を向ける。

勇者とその仲間たちは、街の外でひょこひょこ揺れる大岩を、ぼんやりと見送った。

×××××

「荷運び人《ポーター》さんはこのあとどこに向かわれるのですか？」

「西の方に行こうと思ってます！」

「西……ですが大きな街はここで最後ですが……」

「えっと、お爺《じい》ちゃんのお爺ちゃんみたいに、村をつくろうと思って！」

「は、はあ。なるほど、その運搬量は村づくりに役立つでしょうね」

「はいっ！　街や宿場、道が整備されてる場所だと馬車や荷車がありますから！　僕みたいな荷運び人《ポーター》は、変な場所でこそ役立つんです！」

「い、いやあ、それだけ運べればどこの街や宿場でも頼られると思いますが……」

「街までの道案内ありがとうございました！　それじゃあ、さようなら！」

荷運び人《ポーター》が、足元に下ろしていた荷物をひょいっと担ぐ。

会話していた商人と隣にいた門番が、「信じられない」と目を丸くする。

荷運び人《ポーター》が、背負子にくくりつけた大岩ごと歩いていく。

横幅も高さも五メートルほどの、巨大な岩を背負って。

重さにしたら軽く一〇〇トンを超えているだろう。

勇者も商人も、目を疑うのは当然だ。背負子どうなってんの。

荷物は、中がくり抜かれた大岩に入っているのだという。

道中では大岩の中の空間で寝泊まりするから野外でも安全なのだとか。

それが運べるならどこでも喜ばれるのに、なんなら荷運び人《ポーター》じゃなくても、という商人のつぶやきは届かない。

誰しも譲れないものはある。

時にそれは、周囲から理解されなくとも。

「荷運び人《ポーター》を探してるような小さな村とか、開拓地とかないかなあ。厳しい場所こそ喜ばれるぞってお父さんも言ってたし！」

巨大で超重量の荷物を背負っても、荷運び人《ポーター》――ベル・ノルゲイの足取りは軽かった。

鼻歌交じりで、大陸北部を西に向かう。

山脈にぶち当たってからは、より人の少ない方へと南下する。

勇者のパーティから追放された――もしくは離脱した――少年、童顔で細身の体からは信じられない運搬力の『荷運び人《ポーター》』、ベル・ノルゲイはどこへ向かうのか。

誰と出会って、どんな人生を歩むのか。

知る者はいない。


――いまは、まだ。

【2】


コウタとカークが異世界生活をはじめてから二週間。

アビーを加えた二人と一羽は、人里を探してふたたび探索に出かけていた。

今度は食料や野営道具を準備して、本気で山越えに挑むつもりだ。

「うん、やっぱズボンは歩きやすいな！」

「そういうものなの？　スカートをはいたことないからなあ」

「カアッ！」

前回の探索との違いは心構えだけではない。

一行の持ち物も変化していた。

コウタは精霊樹のウロで目覚めた時と同じ服を着ている。

生成りで、ちょっとごわごわしたズボンと、頭からすっぽりかぶるタイプのシャツだ。

シャツは頭を通しやすいように胸元まで切れ込みが入り、紐で調節できるようになっていた。

シンプルだが丈夫そうで、村人っぽい服装である。

靴は木の底に皮で縛るサンダルだ。

右手には黒い鹿《ホーンレス・ディア》からもらったツノを持っている。

枝分かれしたツノは鋭く、触れただけで森の木々や草を切り裂いた。

ただしコウタの体は傷つけられない。

神から授かった【健康】によって、怪我《けが》をせず病気にもならないらしい。チートか。

一見するとこれまでと同じ服装だが、中身が違う。

コウタは新たな下着を身につけていた。人権を取り戻した。

あとリュックを背負っている。文明を手に入れた。

アビゲイル・アンブローズ——アビーは、この地に片道転移してきた時と服装が変わっていた。

動きやすいホートパンツに革のブーツ、上は「あわせ」がヒラヒラしたシャツだ。

羽織っているフード付きのローブは同じだが、離れてみると男性か女性かわからない。

近くで見ると女性の体だとわかるけれども。サラシは巻いていないので。

アビーは、持ち込んだネックレスをシャツの内側にしまい、肩ほどまである長い杖《つえ》を手に歩いている。

サラサラの金髪は、シンプルな革紐でまとめられていた。

両親からの贈り物である。

コウタとともに精霊樹のウロで目覚めた三本足のカラス――カークは濡羽色《ぬればいろ》だ。カラスなので。全裸でもある。

「アビー、送りっぱなしでよかったの？　探索はまた手紙が届いてからでよかったんじゃ」

「いいんだって。ちゃんとおふくろの健康を願って精霊樹からもらったアンブロシアだからな、効果あるに決まってるだろ」

「カアー」

「コータこそよかったのか？　秘密にした方がいいってオレから言い出したのによ」

「お母さんが病気がちで、治せる手段がある。アビーの家族は貴族なんだし、出所不明の貴重な素材でも怪しまれないかなあって」

「……ありがとよ。ああ、絶対秘密を守らせる」

二度目の探索に出かける前、アビーは自ら開発した空間魔法の『ワープホール』でアンブロシアを実家に送った。

アンブロシアは、病弱な母の体質を改善する薬のメイン素材となるらしい。

アビーは、「もし秘密が漏れたらその時はオレが」「盆地ごと囲う結界でも開発するかな、基点を設定すれば……」などとブツブツつぶやいている。

常識から外れた『逸脱賢者』、もしもの時は人道からも逸脱する気か。それなりに覚悟してのことだったようだ。

精霊樹と小さな湖のほとりを出発してから二日目。

二人と一羽は、山の中腹に差し掛かっていた。

お昼すぎには盆地を囲う山を、東に抜けられるだろう。

この辺でお昼休憩を取ろうか、とコウタが足を止めたところで。

「カアーッ！　カァカアッ！」

「どうしたのカーク？」

「敵か？……何もいねえな」

カークがばっさばっさと羽を鳴らす。

何か伝えたそうにコウタとアビーに鳴き叫ぶ。が、伝わらない。

コウタとカークは【言語理解】を持っているらしいが、人とカラスは会話できない。

「カアッ！　カァー！」

意思疎通を諦めてカークが羽ばたく。

コウタとアビーの頭上をぐるぐる回ってから、羽を広げて飛んでいった。

方向は東、山頂を越えてさらに先である。

「何があったんだろう」

「んー、なんだろうなあ。何か言いたそうだったけど焦ってた感じじゃなかったし、まあ大丈夫じゃねえか？」

「うん……」

コウタは心配そうに、カークが飛んでいった東の空を見つめている。

アビーも、言葉とは裏腹に眉を寄せていた。

「ねえアビー、昼休憩は山を越えてからにしない？　アビーが疲れてなければ、だけど」

「カークが気になるしな、そうするか。コータこそ、疲れはどうだ？」

「それが、なんか疲れた感じがしないんだ」

「な、なあ、それひょっとして【健康】のせいじゃね？」

「え？　でも健康な人でも、疲れる時は疲れるような」

「ああ、オレもそう思ってた。けどどこまでだ？　心でも体でも、疲れ果ててたら【健康】じゃねえだろ？　ラインはどこで引く？　どうやって判別する？」

「あっ」

「神サマから授かったらしいからな、その辺は『神の御業《みわざ》』ってヤツで調整されてるかもしれねえ。けど、一律で『疲れない』にした方が神サマも設定がラクそうじゃないか？」

「え、ええー？」

「まあわかんねえけどな。神サマの実在も確信できたし、腰を据えて『鑑定魔法』を研究したいんだけどなあ。そうすりゃスキルのことだって」

「アビー？」

「ああ、すまねえ。いまはカークのことだったな」

答えのない考えを振り払うようにアビーが頭を振る。

革紐で一つにまとめられた金髪が揺れる。

「うん。じゃあ行こうか！」

「おう、目指せ山頂、目指せ人里だ！」

手にした鹿ツノ剣で、コウタが山頂を指した。

あと一時間か二時間程度で、黒い森に覆われた山の山頂までたどり着くことだろう。

考えるべきこと、考えたいことは多く、心配ごともまた多い。

コウタとアビーはあえて大声を出して吹っ切った。

山の向こうに何があるのか。

この先にもまだ人里はなく、「死の谷《デスバレー》」があるはずだというアビーの推測は正しいのか。

二人は足を進める。

カークのあとを追うように。

【導き手】のスキルを持つ、三本足のカラスに続いて。


「ここを越えれば……おー、見えた見えた！」

「うわ、すごい景色……」

昼を少しまわった頃、二人は山の稜線《りょうせん》を越えた。

視界が開けてはるか東を望む。

「二日歩いただけで、こんなに景色が変わるんだ」

「ははっ、こっちじゃたまにあるぞ。それだけ『絶黒の森』の瘴気《しょうき》が濃いってことだ」

結んだ金髪をなびかせてアビーが振り返る。

西、眼下に広がる盆地を一望する。

盆地も、囲む山々も黒い。

陽の光が届かないわけではない。

森が、光を飲み込むほど黒いのだ。

木が緑に色づいているのは盆地の中心、精霊樹と泉のまわりだけだった。

西を振り返ったアビーと違って、コウタは東を眺めて呆然《ぼうぜん》としている。

山一つ越えただけで、そこにはまったく異なる光景が広がっていた。

二人がいまいる尾根からわずかに下ると、すぐに樹木が絶える。

むきだしになった土は赤い。

盆地から流れ出た川や雨水が削ったのか、あるいは魔法がある世界ならではの現象か。

山は途中から断崖絶壁の迷路となっていた。

崖は赤と薄茶色、茶色が入り混じって縞《しま》模様を見せる。

見渡す限り続く崖は入り組んでおり、人里を探すコウタとアビーの行く手を阻んでいるかのようだ。

「なんだっけ、元の世界でもこういう景色を見たことある気がする。テレビかネットで……えーっと」

「『グランドキャニオン』だろ。それにしても、グランドキャニオンに似てるのに死の谷《デスバレー》ってなあ」

「そう、それ！……あれ？　どっちもアメリカじゃなかった？」

「まあそうだな。近いっちゃ近いけども」

目覚めた時から大人だったものの、コウタは転生者だ。

誕生からはじまったという違いはあるものの、アビーもまた転生者だ。

同郷らしく、二人は元の世界の有名な地名を出して会話する。

一八歳まで生きてきたアビーにとってはこの世界で初めてのことで、知らずニヤけていた。

「あ、そうだ、カーク！」

「崖が多いからなあ、飛んでくれなきゃ探すのは大変そうだけど……」

コウタとアビーは二人だけでここまで来たわけではない。

精霊樹のほとりから稜線を越える直前まで、カラスに先導されてきたのだ。

二人は並んで、赤茶とベージュの迷路に目を凝《こ》らす。

コウタの眼差しは真剣だ。

なにしろ引きこもっていた頃からの友達で、一緒に転生した相棒である。

そして。

「いた！　カークだ！　よかった……」

「待てコータ、カークじゃなくてただのカラスかも……ああ、足が三本あるな。カークで間違いなさそうだ」

コウタが、谷間を飛ぶカラスを見つけた。

離れていたのはわずかな間だったのに、安心したのかへなへなと座り込む。

心と体が【健康】になっても、ハートの弱さは変わらないのか。まあ病んではいないようだが。

「なあコータ、あれおかしくねえか？」

「え!?　カークに何かあったの!?　ひょっとして怪我でも」

「いやカークじゃなくてだな。ほら、オレたちを案内する時みたいに、飛んでは止まってを繰り返してるだろ？　いまもデカい岩に……デカい岩に……？」

「ね、ねえアビー。あの岩、動いてない？」

「気のせい……じゃねえな」

「まさかモンスター!?　大変だ、カークが！」

「縦横五メートルの動く大岩。ロックゴーレムかヒュージタートル？　亀はねえな、断崖じゃ行き詰まって生息できないはずだ。ゴーレムか、岩石をまとってる生物か」

カークがいたのはコウタたちのすぐ下、急斜面の中腹だ。

いまは大岩に止まっている。

「カアーッ！」

視線に気づいたのか、カークはその場で羽を広げてひと鳴きした。

おっ、コウタもここまで来たのか、とでも言うかのように。

コウタの心配は通じていないらしい。

「あ、うん、大丈夫みたいだね」

カークの気持ちは通じたらしい。

一年以上一緒にいれば人とカラスは通じ合えるのか。

「さて、あの動く大岩は何なのかねえ」

カークが止まる大岩はひょこひょこ動いて急斜面をゆっくり登ってきている。

もうしばらくすれば、コウタとアビーの元にたどり着くだろう。

コウタはじっと、動く大岩と、ときどき空を飛んで先導するカークを眺めていた。

アビーは念のためと杖を構える。

やがて大岩は斜面を登りきって、岩の下部を目視できる距離まで近づく。

大岩の下、背負子をかついだ人間に気づく。

「は、はは、この世界の人はすごいんだね。あんなに大きい岩を背負って歩けるんだね」

「んなわけねえだろコータ……なんだアレ……マジか……」

コウタは死の谷《デスバレー》の全景を見た時より呆然としている。

岩の上にいるカークはなんだか誇らしげに悠然としている。

我に返ったアビーが空間魔法で不可視の壁を構築する。

大岩を担いだ人間——少年と、コウタの目が合った。

「こんにちは！」

「あ、はい、こんにちは」

「カアッ！」

無邪気に笑って挨拶してきた少年に、コウタが挨拶を返す。

カークは案内は終わりだ、とばかりにコウタの元に飛んできた。

アビーが張った不可視の壁をすうっと上昇して避け、ばさばさ羽ばたいてコウタの肩に止まる。

少年はニコニコと笑顔で、コウタはきょとんと首をかしげている。カークも首をかしげている。

コウタが授かった【健康】はコミュニケーション能力まで【健康】にするわけではないらしい。

言葉が通じるのは【言語理解】のおかげだろうが。

コウタと少年の間を風が吹き抜けていく。

「待て待てなんで普通に挨拶してんだおたがいいろいろあるだろ！　常識外れの『逸脱賢者』が一番常識人ってこれどうなってるんですかねぇぇぇぇぇぇ！」

「カアー」

カオスである。

アビーの嘆きが断崖にこだまする。

死の谷《デスバレー》の空は、青く晴れ渡っていた。

「はじめまして！　僕はベル、ベル・ノルゲイです！」

「あっはい、はじめまして。俺はコウタです」

「カアー！」

「あ、このカラスはカークです。俺の友達？　相棒？　で」

「そっかあ、道案内してくれたんだね！　ありがとうカーク！」

「カアー」

いいってことよ、とばかりにカークが鳴く。

アビーが開発した鑑定魔法で【導き手】という強力なスキルを持つと見られたカークの面目躍如である。

「あーうん、考えるだけ無駄だな。神サマはいるしスキルはあるって推測したのはオレだもんな。だったらあんな、超重量の岩を運べる人間がいてもおかしくない。おかしくないはずだ。おかしくないんだ」

「アビー？」

「つと、すまん。オレはアビゲイルだ。ただのアビーって呼んでくれ」

「わかりました！　よろしくお願いします、アビーさん！」

コウタはともかく、貴族の令嬢だったアビーには家名がある。

だが、出奔した身として家名は名乗らないことにしたらしい。

ベルが気にする様子はない。

「それで、その、ベルはどうしてそんな大きい岩を運んでるのかな？」

「待て待てコータ、ＷＨＹよりＨＯＷの方が気になるだろ。どうやって運んでんだそれ」

「カァー」

「僕は荷運び人《ポーター》の村で生まれて、子供の頃から荷運び人《ポーター》になりたくてがんばったんです！」

「へえ、そうなんだ。すごいなあ」

「えへへ、ありがとうございます、コウタさん」

「なるほどなるほど、子供の頃から荷運び人《ポーター》になるべく鍛えたと。だから大岩も運べると。なるほどなるほど」

「ベルはどこから来たの？　街や村が近くにある？」

「最後に人に会ったのはこの谷に入る前だから、一週間ぐらい前ですかねえ」

「けっこう遠いなあ。あれ？　岩のほかに荷物がないけど」

「あ、この岩は中がくり抜いてあって、荷物が入ってるんですよ！　野営の時はこの中で寝るんです！」

「テント兼リュックってことか。こっちはすごいなあ」

「はあはあ、だから死《デス》の谷《バレー》で野営しても平気だったと。それだけデカい岩なら荷物をだいぶ積めるだろうしな。はあはあ」

「人がいる場所まで一週間か。いまの準備じゃちょっと難しいかなあ」

「カァー」

「水は魔法でなんとかなるとして、食料がいるな。あとは道がわかればなんとかなるだろうけど」

「カアッ！」

「うん、その時はよろしくねカーク」

「そうそう、オレたちには空を飛べるカークがいるんだ。ここまで来たベルに道案内を頼んでもいい、荷運び人《ポーター》として食料の運搬も頼んで、うん、そうそう大岩に食料を積んでもらって」

新しい出会い、しかも荷運び人《ポーター》として働けるかもしれないと、ベルはニコニコしている。

異世界生活二週間で、ようやく人里の情報を手に入れたコウタも笑顔だ。

カークは、死の谷《デスバレー》を抜けられるよう導いてやる、と鼻息も荒い。いちおう鼻はある。

ふんふん頷《うなず》いて会話を続けていたアビーが、ピタッと止まった。

地面にヒザをつく。

両手をつく。

「ああああああ！　子供の頃から鍛えたぐらいで一〇〇トン超えの大岩運べるっておかしいだろだいたい背負子どうなってんだそれ！　水と食料があるだけでなんとかなるぐらい甘かったら『死の谷《デスバレー》』なんて呼ばれてねえんだよぉぉぉぉおおお！」

叫びながらゴロゴロ転がる。

革紐で結んだ金髪が砂にまみれる。

ズボンをはくようになったのでスカートはめくれない。

コウタとベルは、のたうちまわるアビーを前に小首をかしげていた。世間知らず、もとい、異世界知らずと天然の凶悪コンビが結成されたらしい。

アビーの苦悩は通じない。

「カァー」

「ありがとな、ありがとなカーク。オレの気持ちをわかってくれるのはカークだけだ。うう……」

へたり込んだアビーの隣に降り立って寄り添うカーク。

アビーはそっと指を伸ばしてカークの首元を軽くこする。

一人と一羽は通じ合ったらしい。

この世界の常識から外れて『逸脱賢者』と呼ばれた転生TS賢者と、三本足のカラスが常識人組であるらしい。常識とは。

「アビー、もう大丈夫なの？」

「ああ、取り乱して悪かったな。あんまり考えないことにした。オレが悩んでる間に二人がくつろいでんのも考えないことにしよう」

「カァー」

アビーが頭を抱えていたのは五分ほどだろうか。

声をかけても「しばらく放っておいてくれ」と言われたため、コウタはカークと地べたに座って談笑していた。

二年近く引きニートだったコウタでも、常に笑顔の少年・ベルは話しやすかったらしい。

「そっか、よかった。アビー、ベルは小さな村か開拓地を探してるんだって」

「お爺ちゃんのお爺ちゃんと同じように、荷運び人《ポーター》として役に立ちたいんです！　たくさん荷物を運べる荷運び人《ポーター》は、厳しい場所こそ喜ばれるって！」

「まあなあ、その運搬量と死の谷《デスバレー》を簡単に越えられる踏破性能ならなあ」

「それで、ベルに手伝ってもらったらいいんじゃないかと思って。俺は【健康】だから何日も歩き続けられるとしても、人がたくさんいる場所はまだちょっと不安だし……」

「あー、なるほど。それはそうだよな」

「あの、どうですか？　僕、がんばります！」

「カアッ！」

「【導き手】のカークも賛成か。秘密を守れるかが不安だけど、運搬量は魅力だよなあ」

「黙ってることは得意です！　荷運び人《ポーター》は、依頼主から『内緒にしてほしい』って言われた秘密を守るのも仕事のうちですから！」

「そこは案外ちゃんとしてんだな。……逆になに運んでたのか不安になるけど」

「勇者さまと仲間のみなさんの、武器や防具や食料、野営道具やダンジョン探索に必要なモノを運んでました！」

「……え？　勇者？」

「カア？」

コウタとカークが目を見開く。

無邪気な少年の経歴に驚いたらしい。

「言っちゃってんじゃん。依頼主の情報明かしちゃってるじゃん」

アビーが頭を抱える。

秘密を守ると言った直後に、過去の依頼主の情報を漏らした口の軽さに衝撃を受けたようだ。

「えっと、けど、勇者さまから、『内緒にしてほしい』って言われてませんよ？」

ベルがきょとんとする。

秘密だと言われなければ漏らしてもＯＫだと思ってるらしい。ガバガバか。

「カ、カアー。カアー」

絶黒の森と死の谷《デスバレー》の狭間《はざま》に、カークの鳴き声が響いた。

あ、あれ、導いたのちょっと不安になってきた、とばかりに。

「勇者。そういえばアビーも」

「そうだなコータ、けどいまはそれより……なあベル、なんで勇者サマの荷運び人《ポーター》だったのに、こんな場所で一人旅してんだ？」

「この先の旅に荷運び人《ポーター》は連れていけないって。あとダンジョンで『アイテムボックス』を見つけたから大丈夫だって」

「必要なくなってリストラかあ。しんどいね」

「荷運び人《ポーター》は戦えないから、仕方ないと思います！」

「戦えない……戦えないか……？　その大岩を持ち運べるのに？　落とすだけでたいていのモンス

ターは潰《つぶ》せるんじゃねえか？」

「荷を落とすなんて、僕は初心者荷運び人《ポーター》じゃありませんよ！」

「ああ、なるほど。その岩は荷物だもんね」

「カァ」

「ええ……？　そここだわるとこ？　倒すの優先じゃない？　コータもカークも納得してオレがおかしいのかなこれ」

「だから僕は、受け入れてくれる小さな村や開拓地を探してるんです！」

「それで大陸の東の方？からここまで旅してきたのか。すごいなあ」

「カァー」

「明るい。パーティから追放されたのに明るくて前向きって。ほんとすげえなベル」

「えへへ、ありがとうございます！」

コウタとアビー――たぶんカークも――から褒められて、ベルは満面の笑みを浮かべる。

アビーは――おそらくカークも――じゃっかん呆《あき》れ気味の褒め言葉だったが、それでも喜んでいる。

ベル・ノルゲイと名乗った荷運び人《ポーター》は、根っから前向きで純粋で天然らしい。

もしコウタがそうであれば引きニートにならなかったかもしれない。

もしアビーがそうであればイチかバチかの転移を選ばなかったかもしれない。

二人にはまぶしい笑顔である。

「それで、あの、どうですか？　コウタさんから『村をつくるつもりなんだ』って聞きまして、僕、荷運び人《ポーター》としてお役に立ちたいです！」

「どうかなアビー、言えば秘密は守ってくれるみたいだし、俺はいいと思うんだけど」

「カアッ！」

絶黒の森のほぼ中心にある精霊樹と小さな湖。

コウタとカークとアビーは、その地で暮らすと決意した。

だが、二人と一羽で暮らしていくには足りないものが多すぎる。

いまのところ食料は精霊樹の実《アンブロシア》と魚でなんとかなっているが、服や生活用品はアビーが取り寄せたものだけだ。

定住するつもりなら、アビーの「ワープホール」に頼りきりになるわけにはいかない。

実家の協力がなくなったら生きていけなくなるなど、とても自活してるとはいえないだろう。いわんやスローライフをや。まあ、ある意味ではスローライフか。すねをかじり倒すストロングスタイルのスローライフである。

「オレはコータとカークに便乗しただけだからな。二人がOKならいいと思うぞ」

「ありがとうアビー。俺はカークに導かれたからさ、カークが連れてきた人なら問題ないって思ってるんだ」

「カ、カアー」

「わっ、それじゃ！」

「ただし、守るって誓ってもらわねえと困る秘密が、最低でも二つある。ほんとに守れるか、荷運び人《ポーター》？　あとから秘密を追加するかもしれねえぞ？」

「はいっ！　絶対に守ります！　どんなことでしょうか？」

「二つ？　一つはわかるけど、もう一つは？」

「カァカァ、カアッ！」

むしろ二つじゃ少ないだろ、とコウタに突っ込むカーク。

ばっさばっさと羽を動かしておかんむりだ。

貴重な精霊樹の存在や、コウタとアビーそれぞれの事情など、秘密にした方がいいことは数多い。

二つは最低限であり、状況次第で追加していくことになるだろう。

「まあそれは帰りながらでいいだろ。守れなさそうならオレが道中で……」

「カァ」

後半は二人に聞こえないように、アビーは小声でつぶやいた。

カークも、小さな鳴き声で。

世間知らず、もとい異世界知らずのコウタは首をかしげて、天然らしいベルは微笑みを浮かべたままだ。

コウタとカークが異世界生活をはじめておよそ二週間。

一人と一羽は二人と一羽になり、これから三人と一羽になるかもしれない。

三本足のカラスに導かれて。


まずは村をつくる予定の場所を見せる。

そう決めたコウタは、アビーとカークと一緒に山を下る。

同行するのは荷運び人《ポーター》のベルだ。

当然、大岩は背負ったままである。

アビーは、もしベルが信用できなさそうならその時は、という決意を胸に秘めてベルの横を歩いていた。

ベルの大岩がときどき黒い木の枝に当たるも、力任せに通り抜ける。

枝はしなるだけで折れなかった。

ベルの歩みも止まらなかった。

アビーの目が見開かれた。

「あとで『鑑定』させてもらうか。絶対スキルがあるだろこれ」

「あっ、そういえばこの森は瘴気？が濃いらしいけど大丈夫？」

「はい！『荷運び人《ポーター》はどんなところでも運べないと』ってお父さんに鍛えられました！」

「そっか、子供の頃から努力してたって言ってたもんね。すごいなあ」

「えへへ、ありがとうございます」

「カァ？」

「いや無理だぞカーク。普通の人間は鍛えたからってこの瘴気の中を歩けねえ。オレだって魔力で活性化してるから平気なだけで」

「カアー」

「コウタは【健康】スキル持ちだし、そもそもコウタもカークも神サマから授かった体だろ？だから大丈夫なんだと思うぞ」

「疲れたら言ってね、ベル。俺は疲れないから加減がわからなくて。順調でも湖のほとりまで二日かかるんだ」

「はい！　けど平気です、二日なら歩き通せます！　荷運び人《ポーター》の村では一週間歩き続ける訓練もしました！」

「荷運び人《ポーター》は過酷な仕事なんだなあ。あ、でも【健康】になったいまなら俺もいけるかな？……無理か。アレは持てない」

「カァ？」

「いや普通じゃないぞカーク。オレがいた国の騎士団の精鋭でも三日がいいとこだ。魔法研究所の研究者でも三徹以上はポーション頼りだったな」

非常識と天然との会話はエラいことになっていた。

が、アビーとカークはもはや本人たちに突っ込まない。ただ呆れるばかりである。この調子で大丈夫か。いろいろ。

と、アビーの杖に乗っていたカークが飛び立つ。

「カアッ！」

先頭に出て枝に止まり、ひと鳴きするとコウタも足を止めた。

コウタはきょろきょろと周囲をうかがう。

「コウタさん？」

「カークがこうなった時はまわりに何かいることが……あ、いた」

立ち並んだ黒い木々の先。

やはり黒い下生えが揺れて、一匹の獣が姿を現す。

熊だ。

二本の後足で立ち上がった背は三メートルほどだろうか。

森と同じように漆黒の毛皮で、爪は硬い樹皮にあっさり傷をつける。

鋭い牙が覗《のぞ》く口からダラダラとヨダレを垂らし、赤い瞳はコウタたちを睨《にら》みつけている。

「うげえっ!?　マ、マジかよ!?」

「……熊から逃げる時は目をそらさないでゆっくり後ろに下がるんだっけ」

「ガァッ！」

「む、無理だぞコータ、そりゃ動物の熊ならなんとかなるかもしれねえけど！　アレはそんなんで逃げられるヤツじゃねえ！」

「あの熊を知ってるの？」

「ああ、アレは鏖殺熊《ジェノサイド・グリズリー》だ！　くそ、なんで絶望の鹿《ホープレス・ディア》のナワバリにこんなヤツが！」

言いながら、アビーが杖を構えて魔法を発動させる。

まずは一行の安全を確保しようとしたのだろう。熊との間に空間壁を張る。

漆黒の熊は、三人と一羽を見つめて、ゴアアッ！　と雄叫《おたけ》びをあげた。

絶黒の森を抜けて拠点に戻る帰り道、戦闘は避けられないようだ。

家に帰るまでが遠足、もとい、探索である。

コウタたちが会話してるうちに、黒い熊は前足を下ろして四つん這《ば》いとなった。

体重をぐっと前に傾ける。

「カアッ！」

「くるぞッ！　荷運び人《ポーター》は戦えねえってんなら下がってろ！」

「うわぁぁああああ！」

カークとアビーが警告を発して、ベルが叫びながら走る。逃げ出す。

同時、黒い熊が突進をはじめる。

速い。

アビーが張った空間壁は、速度を落とす程度にしか役に立っていない。

それでも、稼いだわずかな時間で攻撃に移ろうとアビーが杖を構えた、その時。

「あっ。そういえば俺、【健康】だから怪我しない、傷つかないんだっけ」

呑気《のんき》な声がして。

コウタがすっと前に出た。

手をかざす。

「あっおいコウタ！」

「わぁぁああああ！　だめですコウタさん、獣に食べられちゃう！」

出没したら村どころか小さな町を滅ぼし尽くし、冒険者たちや騎士団でさえ全滅覚悟で挑むモンスター。

高い闘争本能、鎧《よろい》や魔法さえ切り裂く爪と噛《か》み砕く牙、密集陣形でも止められない突進。

その殺戮《さつりく》っぷりから、つけられた名前が「鏖殺熊《ジェノサイド・グリズリー》」だ。

そんな熊の前にコウタが立ちふさがる。

手にしてるのは枝分かれした鹿のツノだけで、盾も鎧もない。

アビーとベルは悲劇を予見して――


「カァー」


――カークだけは、心配いらねえよ、とばかりに気の抜けた声で鳴いた。

「わっ」

コウタの伸ばした手にぶつかって鏖殺熊《ジェノサイド・グリズリー》の突進が止まる。

四つん這いで、頭をコウタの手に押さえられて。
ゴ、ゴア？　と動揺しながら振りまわした爪も牙も、コウタの身を傷つけることはない。
服が破れて肌が露出するだけだ。二八歳男性の肌が見えたところで誰得である。

「マジか……マジかよ……【健康】って、【ＬＶ．ｅｘ】ってここまですげえのか……」

「ええっ!?　お腹を空《す》かせた獣を片手で!?　うわあ、強いんですねコウタさん！」

「…………このあとどうしよう」

自らの「鑑定魔法」で読み取ったこととはいえ、目の前の光景は衝撃的だったらしい。

アビーはぽかんと口を開けてうわごとを繰り返している。

ベルははしゃいでいる。

コウタは熊の突進を止めたものの、次の行動に頭を悩ませている。全員呑気か。

「ガアッ！」

「あ、ちょっ！　危ないよカーク！」

一番最初に再起動を果たしたのはカークだった。

高速で飛行して、熊の頭上から火の球を放つ。

熊に着弾してぷすぷすと焼け焦げる。

至近距離にいたコウタも一緒に焦がされる——ことはなかった。

コウタは【健康】なのだ。火傷《やけど》もしない。

「危ない」との声は自分を巻き込む魔法を使ったカークへのクレームではなく、鏖殺熊《ジェノサイド・グリズリー》に近づいたカークへの注意である。余裕か。

カークの魔法を嫌がったのか、黒い熊は離れるそぶりを見せるもコウタは手を離さない。

それだけで、熊はその場を動けなくなった。

無理やり逃れれば、コウタの手が捻挫《ねんざ》しかねないゆえに。捻挫や打ち身は【健康】ではない。チートすぎる。

「よしコータ、そのまま押さえといてくれ！　時間が取れるなら……」

杖をかざしたアビーがローブをはためかせる。

練った魔力が風を巻き起こしたらしい。

スカートはめくれない。体は女でも心が男なアビーは、動きやすいズボンを愛用するようになったので。

「『空間斬《ディメンションカット》』」

アビーの杖から魔法が放たれた。

何も見えない。

いや、絶黒の森の、射線を遮る枝葉が切り裂かれていく。

コウタに当たらないように気を遣ったのか、空間魔法の刃《やいば》は地面に対して垂直だ。

見えない斬撃は、棒立ちで腕を伸ばして鏖殺熊《ジェノサイド・グリズリー》の頭を押さえるコウタの横を抜ける。

魔法は黒い熊の脇腹に吸い込まれて、ゴシャッと反対の脇腹に抜けた。

分厚い毛皮も強靭《きょうじん》な筋肉も強化された骨も切り裂いて、血肉を撒《ま》き散らして。

至近距離でコウタを睨みつけていた鏖殺熊《ジェノサイド・グリズリー》の瞳から、ふっと生気が消える。

血と空気をゴボッと吐き出して、黒い熊は巨体を地面に横たえた。

「うっし。威力を上げる時間があればこんなもんだ」

「すごい、すごいよアビー！」

「カア！」

「はっ、なにしろ『逸脱賢者』だからな。……まあすごいのはアレを簡単に押さえたコータだけども。なあ、ほんとに問題ねえのか？　傷は？　魔力は？」

「魔力？　はよくわからないけど、傷はないね。【健康】を授けてくれてありがとうございます、女神様」

「カアー！」

「ははっ、ごめんごめん。カークもすごかったよ。俺も魔法を使えるようになりたいなあ」

戦いが終わって、森には弛緩《しかん》した空気が流れていた。

コウタにくすぐられながらもカークはクイックイッと首を動かして周辺を警戒しているようだが、

それはそれとして。

「うわあ、うわあ！　みなさん強いですね！　すごいなあ！」

「ありがとうベル。えっと……？」

「なんでそんなとこに？」

少し離れた場所から聞こえてきたのは、同行していた荷運び人《ポーター》の声だ。

いつの間にかコウタたちのかなり背後にいて、大岩の陰から顔を覗かせている。

「えっと、僕、子供の頃に獣に食べられそうになったことがあって、その」

「ああ、トラウマってヤツかな？」

「虎馬《タイガーホース》!?　そんなのがいるんですか!?」

「通じてるけど通じてねえ。どうなってんだ【言語理解】。あー、それで『荷運び人《ポーター》は戦えない』か？」

「はい……その、克服したいと思ってるんですけど……」

「無理しないでも平気だよ、ベル。いまだってなんとかなったし」

「そうそう、コータは怪我しないみてえだしな！　ベル一人戦えなくたって問題ねえって！」

「コウタさん、アビーさん……」

「なるほどねえ。コータが敵を押さえてる隙《すき》に、ベルが熊の上にあの大岩を置いたら倒せそうなもんだけど……」

「カァ！」

それな！　とばかりにカークが鳴いて同意する。

ベルは申し訳なさそうにもじもじしている。

「苦手なのは獣だけかな？　モンスター全般？」

「えっと、毛皮とキバのないヤツなら平気です！　狼《おおかみ》とか熊とかどうしても思い出しちゃって……倒れた僕にのしかかって、ヨダレを垂らしながら口を開けて僕を食べようと、うっ」

「毛皮とキバってことは鹿は平気なんだね。それに魚とか、ゴーレムとか、植物系や虫なんかも平気ってことか。ほらベル、平気なヤツの方が多そうだよ！」

「そうそう、アンデッドだってイケるだろうしな！」

「えへへ……ありがとうございます、コウタさん、アビーさん。お二人とも優しいんですね」

「カァ！」

「カークも、ありがとうございます」

二人と一羽のフォローに、ベルはちょっと涙ぐんだ。

毛皮とキバのある獣やモンスターが苦手。

もし冒険者や兵士であれば致命的だが、たしかに『荷運び人《ポーター》』であればなんとかなるだろう。

同行した護衛役が倒すか、逃げ切ればいいのだ。あるいは街で荷運びに従事するか。

落ち着いたのか、ベルは大岩を背負い直してコウタたちのもとへ戻ってきた。

「あの、解体していいですか？　戦いでは役に立ちませんけど、『荷運び人《ポーター》は荷造りもできないとな』って鍛えられたんです！」

「解体？　そっか、熊の毛皮って売れそうだもんね」

「鏖殺熊《ジェノサイド・グリズリー》クラスなら毛皮以外にも使える素材はあるぞ。ベル、頼んでいいか？　多少なら経験あるし、オレも手伝おう」

「いえ、僕に任せてください！」

アビーの申し出を断って、ベルがふたたび大岩を地面に置く。

腰に下げていた大ぶりのナイフを抜く。

息絶えた鏖殺熊《ジェノサイド・グリズリー》の毛皮に刃を当てる。

「解体かあ、それができれば俺もあの鹿を……けどもう情が湧いちゃったからなあ」

「ん？　吊《つ》るさないし水もいらねえのか？　あ、なんだろイヤな予感がする」

「カァー」

コウタがズレた感想を抱き、アビーとカークが不安をこぼす。

毛皮に刃を当てたまま集中していたベルが、叫んだ。

「『解体』！」

目にも留まらぬ高速でナイフを動かす。

コウタが目を丸くする。

カークがぎょっと羽を広げる。

アビーが額に手を当てて首を振る。

鏖殺熊《ジェノサイド・グリズリー》は、みるみるうちにバラされていった。

毛皮と肉と、アビーいわく「使える素材」に切り分けられていく。

二人と一羽が呆然と見ていたわずかな時間で。

「『解体』終わりました！」

処理を終えたベルが満足げに振り返る。

「は、はやい……べ、ベルはすごいんだね、ありがとう」

「カ、カァ」

コウタ、ちょっと引き気味である。カークも食欲がわかないほど引いてるらしい。

アビーは地面に手とヒザをついた。

頭《こうべ》を垂れる。

叫ぶ。

「あああああ！　どう考えても解体のスピードおかしいだろ！　スキルか、やっぱりスキルのせいなのか！　あとなんだそのナイフ捌《さば》き『荷運《ポ》び人《ーター》は戦えない』って技術じゃなくて気持ちの問題じゃねえかぁぁぁあああ！」

コウタとカークが異世界生活をはじめておよそ二週間。

一人と一羽が知り合ったのは、また少し変わった人物であるようだ。

「勇者。初めてハーレム勇者に同情した。これなら荷運びじゃなくて戦闘にまわしたいよな。けどベル本人は『荷運《ポ》び人《ーター》』に誇りを持ってると。獣も怖いと。そりゃ合わねえ。合うわけねえ。ミスマッチってヤツだ」

アビーの嘆きが絶黒の森に溶けていくのは何度目か。

絶黒の森の瘴気がこれ以上濃くならないことを祈るばかりである。

ちなみに、悲嘆や絶望などの感情と瘴気の関連性は解明されていない。幸いなことに。

「そうだ、鑑定。あとで鑑定させてもらおう。やったあサンプルが増えるぞ研究がはかどるなあは

ははは」

「カァー、カァー」

「だ、大丈夫、アビー？　少し休憩する？」


遭遇した鏖殺熊《ジェノサイド・グリズリー》を倒して解体した一行は、また森を歩き出していた。

素材はベルが運搬している。

大岩の中はくり抜かれていて、荷物を収納できるらしい。

コウタは「さすが荷運び人《ポーター》」と感心していたが、アビーとカークは呆れ気味であった。

「ねえベル、その『解体』ってなんでもできるの？」

「なんでもはできませんよ、できるものだけです！」

「カァ？」

「わかる、わかるぞカーク。怪しいんだよなあ。解体。解体かあ。『生きたまま解体する』とか猟奇的なこと言い出したりして」

「えっ。アビーの発想が怖い」

「あはは、それは無理ですよ！　お父さんもお爺ちゃんもできませんでした！　命あるものは解体できないでしょう？」

「カ、カア……」

「なあベル。その言い方だと、まるで『生きてなければ解体できる』って聞こえるんだけどよ、その辺はどうなんだ？」

「死んだモンスターや動物は解体できます！」

「おおー、森では頼りになりそうだね」

「カァー」

「まだ怪しいんだよなあ……はあ、鑑定で見えりゃいいんだけど」

コウタとカーク、アビーが精霊樹と小さな湖のほとりを出てから山を越えるまで、二日かかった。

道がわかっているとはいえ、帰路も一日では踏破できないだろう。

すでに陽は傾きはじめ、黒い森はさらに暗さを増す。

「そろそろ野営の準備をした方がいいかなあ。カーク、いい場所わかる？」

「カアッ！」

コウタに問いかけられたカークが、任せとけ！　とばかりにひと鳴きして飛び立つ。

空を行くカークを追いかけながら、三人が地上を行くことしばし。

「カアー、カアー」

空中でぐるぐる円を描いたカークが、鳴きながら樹上に降りた。

ここがいいんじゃねえか？　と言いたいらしい。

湖から流れ出る川のほとりの、開けた空間だ。

「ありがとう、カーク。どうかなアビー？」

「ああ、いいんじゃねえか？　ほんとは隠れられた方がいいんだけどよ……コウタは【健康】だし、ベルは大岩の中で寝るんだろ？」

「はい！　こういう時のために、勇者さまが用意してくれたんです！」

「へえ、勇者ってすごいんだねえ」

「そうなんですよ！　モンスターに狙われても、大岩が防いでくれるから安全なんです！」

「なあベル、そのあとはどうすんだ？　モンスターが諦めなかったら？　それか、道ばたで遭遇したら？　荷運び人《ポーター》は戦えねえんだろ？」

「その時は、『運搬』しながら逃げます！　この岩は頑丈で、攻撃も防いでくれるんです！　おかげで大事な荷物を傷つけちゃうことがなくなりました！」

「そっか、逃げればモンスターが追いかける形になって、背後から攻撃するには大岩が邪魔になるもんね。よくできてるなあ」

「おかしい。何もかもおかしい。この重さの岩を運べることもおかしいけどさらに逃げられるって。そんで物理も魔法も、攻撃を防げる岩かあ。何でできてるんだその岩」

「これがあるから、獣が出ても大丈夫なんです！　岩に噛みつかれても僕は傷つきませんから！」

「おー、なるほど。身を守る盾にもなると」

会話しながらも三人は手を動かす。カークは周囲を警戒して頭を動かす。手はないので。

ベルは、河原と森の境界あたりに大岩を置いた。

よいしょ、という軽い掛け声のわりに、岩はズンッと重い音を立てて接地する。

一声かけて、アビーが岩にロープを巻きつけてタープを張る。

せっかくだからと大岩を利用して、食事や歓談のスペースをつくったらしい。テントは別の場所だ。

コウタも、アビーの実家から送られてきた寝袋を取り出した。

迷ったのちに、ベルとアビーに声をかけてタープ下を確保する。

「すみません、中がもうちょっと広かったらコウタさんもアビーさんも泊められるんですけど」

「はは、気にしないでいいよ。ほら、簡単に屋根が張れた分、行きより助かってるから」

「待て待て待て。『中がもうちょっと広かったら』って、それもっとデカい岩だったらってことだろ？　持てるのか？」

「はい、運べます！　お爺ちゃんの若い頃みたいに山は運べないけど……」

「………え？」

「カ、カァ？」

「聞かなかった。オレは何も聞かなかった。はー忙しい忙しい、野営の準備は大変だなあ！　野営の！　準備は！　大変だなあ!!」

テントを張ったことで、野営の準備はすでに終わっている。

食事は精霊樹の実《アンブロシア》と、アビーが実家から取り寄せた携帯食料だけだ。

火の準備も必要ない。

アビーの現実逃避である。

どうやらベルは常識がおかしい荷運び人《ポーター》の村で、荷運び人《ポーター》として英才教育されたらしい。常識を教え忘れたのか、あるいは村まるごと非常識だったのか。

「あれえ？　オレ、常識から外れてるから『逸脱賢者』って呼ばれるようになったはずなんだけどなあ。オレが一番常識人な気がする」

「カァ？　カアー」

虚《うつ》ろな目でつぶやくアビーを心配して、カークが寄り添うように杖に乗った。元気出せよ、とでも言いたいのだろう。

アビーはそっと、濡羽色のカークの背を撫《な》でた。

カラス語は通じなくとも気持ちは通じたらしい。苦労性同士か。


パチパチと焚《た》き火《び》が爆《は》ぜる。

陽が落ちた絶黒の森には、焚き火の明かりを飲み込むような暗闇が広がっていた。

だが、三人と一羽に緊張した様子はない。

果実と携帯食料の簡素な食事を終えて、三人は歓談する余裕さえあった。

「あ、そうだ。アビー、鑑定させてもらえば？　俺たちの秘密を守ってもらうけど、俺たちも秘密を守るって約束してさ」

「おたがい秘密を握り合うってことか。コータにしちゃいい案かもな。どうだベル？」

「かんてい、ですか？」

「ああ。オレが開発中の魔法なんだけどよ、なんて言うかなあ、『その人の特技や才能が視《み》える』って感じだな」

「わあっ、すごいですねアビーさん！　僕、ぜひ見てもらいたいです！」

「お、おう。そんな乗り気でいいのか？　ベルができることが全部バレるってことは、戦いじゃ不利になるってことだぞ？」

「はい、平気です！　荷運び人《ポーター》は戦いませんから！　それに、コウタさんもアビーさんも秘密にしてくれるんですよね？」

「カ、カァー」

「ほんと、こっちが心配になるぜ。……純粋って強いなあ」

アビーが杖を構える。

ローブの袖から白く細い手首が覗く。

「『鑑定』ッ！」

光ることも、魔法陣が現れることもない。

アビーはただじっとベルを見つめる。

「どうだった、アビー？」

「カア？」

コウタとカークがアビーを急《せ》かす。

ベル自身も目を輝かせて興味津々だ。

そして。

「すげえぞベル！　予想通り【運搬】と【解体】が宿ってて、コウタの【健康】よりはちょっと弱いけどまあレベルは二つとも【ｅｘ】でいいだろ！」

「おおっ！」

「カアーッ！」

「えっと、それはすごいんですか？」

「あとは言葉にするなら【体力回復】【悪路踏破】ってとこか？　こっちはレベル……そうだな、ｅｘを枠外、一〇をマックスとしたら七か八ってとこだ！」

「お、俺たちよりスキルが多いしレベルも高い……」

「カァ、カアカア」

「そこは仕方ないって。コータもカークもこっちに来たばっかりだろ？　そんで二つずつｅｘスキル持ってんだ、充分すげえよ！」

「ありがとうアビー。それにしても……ベルって転生者じゃないんだよね？」

「『鑑定魔法』で読み切れるかはわからねえけど、コータとカーク、オレと比べても、ベルにはその辺の情報がない。おそらく普通にこっちで生まれ育ったんだと思うぞ」

鑑定されたベル本人はまだよくわかっていない。

なんとなく「良さそう」なことは理解したのか、ニコニコと嬉《うれ》しそうだ。

予想していたとはいえ、コウタとアビーはスキルの数とレベルの高さにショックを受け——

「ん？　オレは魔法系のスキルはいくつかあるけど、ｅｘスキルは【魔導の極み】だけ。鑑定したヒトの中で、オレだけ、一つか」

——アビーは、気づいてしまった。

「あれえ？　オレ、学園を首席で卒業して魔法研究所で功績残して、魔法理論でも魔力量でも常識外れの『逸脱賢者』って呼ばれてたんだけどなあ」

二人と一羽と比べると、自分が普通であることに。

「オレもう『普通の魔法使い』って名乗ろうかな。ははっ。いやそんなわけねえ。exスキルがこんなにありふれてるわけねえ。たまたま、たまたまだ。そうだそうに違いない」

「カァー」

今宵《こよい》も、絶黒の森にアビーの悲嘆が溶けていった。

ちなみに、コウタは落ち込むアビーを前にオロオロして、ベルはよくわかってないのか笑顔のままだ。頼りにならない男たちである。

カークはアビーの手に包まれて精神安定剤がわりとなっていた。頼れるカラスである。


【3】


「うわあ、うわあ！　すごいです、死の谷《デスバレー》と黒い森の先に、こんなにキレイな場所があるなんて！」

コウタとカーク、アビーが荷運び人《ポーター》のベルと出会った翌日。

一行は絶黒の森を通って、精霊樹と小さな湖のほとりに帰ってきた。

瘴気渦巻く森の中に現れた景色に、ベルは感嘆の声をあげる。

「帰ってきたって感じがする。まだ二週間ちょっとしか住んでないんだけどなあ」

「ははっ、もうすっかり馴染《なじ》んでるなコータ」

「うん。この景色を見たベルに喜んでもらえるのも嬉しいしね」

「カァー！」

「たしかにな。オレなんて一週間ちょいなのに、不思議なもんだ」

キラキラと目を輝かせるベルを見て、コウタとアビーは嬉しそうだ。精霊樹の枝に止まったカークも誇らしげに胸を張る。鳩胸《はとむね》である。カラスだけど。

「ベル。守ってほしい秘密の一つは、この場所と、この樹《き》のことだ」

「すごく立派な樹ですもんね！　伐《き》り倒すのはもったいないです！」

「それもそうなんだけどよ。この樹は貴重なヤツでな。幹も枝も葉っぱも果実も、どんなことしても欲しいってヤツはたくさんいる」

「わ、そんな珍しい果実を食べさせてくれたんですね！　ありがとうございます！」

ベルはコウタとアビーにペコっと頭を下げる。

樹上にいるカークにも目を向けて会釈する。律儀《りちぎ》か。カークはご満悦だ。

「そうだ、ベル。この樹に頼んでみてくれるかな？　木の実をもらえませんかって」

「え？　樹に、ですか？」

「そっか、精霊樹の判断を聞いてみるのか。ナイスアイデアだ、コータも考えてたんだなあ」

「カァ」

「こっちで目覚めてからずっと、俺はこの樹に助けられてきたからね」

初対面にもかかわらず、コウタはベルを受け入れた。

友達にして【導き手】である三本足のカラス、カークが連れてきた人物だとはいえ、アビーからしたら心配になるほどにあっさり。

だが、コウタも考えていたらしい。いちおう。

ベルはきょとんとしている。

二人と一羽の言うことがイマイチわかっていないのだろう。

が、やるべきことは理解したようだ。

トコトコと大木の根元に歩み寄る。

「こんにちは！　僕、コウタさんとアビーさんとカークと一緒に、ここに村をつくろうとしてるんです！　よかったら、木の実を分けてもらえませんか？」

いかに異世界でも、「樹に頼んでみてほしい」と言われたら、普通の人間は首をかしげることだろう。

だが、ベルは素直に受け止めた。

真摯《しんし》に頼み込んだ。

コウタとアビーと、コウタの肩に止まったカークがじっと精霊樹を見上げる。

手を差し出したベルも見上げる。

さあっと葉が鳴って。

ぽとりと、果実が落ちてきた。

ベルが広げた手に自ら収まるかのように、一つ。

「わあ、すごい！　ありがとうございます！」

ベルはニコニコと満面の笑みで樹にお礼を言う。律儀か。

「よかった、精霊樹も認めてくれたみたいだね」

「ああ。少なくとも精霊樹への害意はないってこったな。たぶんだけど」

「カアッ！」

ベルの手に収まった果実《アンブロシア》を見て、コウタとアビーはほっと胸を撫で下ろした。

カークは俺が連れてきたんだ当然だろ、とでも言いたげだ。

コウタとカークが異世界で目覚めてから二週間ちょっと、アビーが来てから一週間と少し。

二人と一羽は、精霊樹と湖のほとりに、新たな仲間を迎えることになったようだ。

「ええっ!?　二人とも前世の記憶があるんですか!?」

「そうなんだ。そこは魔法がない世界でね、たぶん俺とアビーは同郷だったんだ」

「カアッ！」

「ははっ、カークもな。……あっちじゃ三本足じゃなかったんだろうけどよ」

「そうなんですね！　魔法がない世界かあ、いつか見てみたいです！」

「やめとけやめとけ。魔法というか魔力がないし、たぶんスキルもねえからな。その岩を背負ってったら潰れちまうぞ？」

「ええっ!?　それはいい鍛錬になりそうですね！」

「どうだろ、なるかなあ」

「カァー」

「いや無理だろ。無理だと思う。コータも真剣に考えるなって」

ベルの存在が精霊樹に受け入れられて、コウタとカーク、アビーは素性を明かすことにしたようだ。

ベルが運搬してきた布を地面に敷いて、アビーが取り寄せたお茶を淹《い》れて談笑している。

ちなみにベルが背負っていた大岩は湖のほとりに置かれた。

大木と小さな湖と、一見するとただの大岩は、自然の造形として調和している。とても一人で持てそうにないのは置いておいて。

「そういえば、アビーは日本に還《かえ》りたいと思わないの？」

「ん？　そりゃ最初は還りたくなったけどな。けどほら、向こうのオレは死んで、こっちで生まれ直したんだ。もうこっちで暮らしてきた時間の方が長《なげ》えしなあ、還りたいとは思わなくなったよ」

「そっか……」

「コウタはどうなんだ？　体がそんなに変わらない転生なんだ、未練があるんじゃねえか？」

「うーん、両親には申し訳ないって思うけど……輪廻転生《りんねてんせい》だったからかなあ、後悔はあっても還りたいとは思わないんだ」

「カアー」

「案外、その辺は思考操作されてたりしてな。【健康】だったら病むほど思い悩まねえだろって」

「…………え？」

「まあわからねえし、気にしてもしょうがないって。ほら、オレたちはオレたちの今生《こんじょう》を生きるってことで」

「そうだね、うん、真面目に一生懸命生きて、『健康で穏やかな暮らし』を送るんだ」

「カァッ！」

「そういう生活、いいですよね！」

「おっ、ベルもスローライフ派か？　育った村が危険と隣り合わせだったとか？」

「いえ、村は穏やかな暮らしでしたよ？　荷運び人《ポーター》として、そういう村をつくるのに貢献したいんです！」

「ありがとう、ベル。ここは人里離れてるみたいだからね、荷運び人《ポーター》の存在はありがたいよ」

「『村は穏やかな暮らし』ねえ。その村自体が怪しいんだよなあ。『お爺ちゃんの若い頃は山を運べた』ってなんだよ。そんなヤツが普通にいる村っておかしいだろ」

「カァー」

アビーとカークが首を振る。苦労性か。これから先が思いやられる。

ため息を漏らす一人と一羽の向かいで、コウタとベルは和やかに談笑している。呑気か。これから先が思いやられる。

「そういうことで、俺たちの事情は秘密にしてほしいんだ。アビーはこっちの事情もあるし……」

「はいっ、わかりました！」

「この場所と精霊樹の存在、それにオレたちの素性。この二つが守ってほしい秘密だな。また追加するかもしれねえけど」

「荷運び人《ポーター》の誇りにかけて、秘密にします！」

「うん、お願いするよ。それじゃあらためて……」

コウタがすっと手を伸ばす。

アビーが手を乗せて、察したベルも手を重ねた。

最後に、カークがぴょんっと上に飛び乗る。

「この場所に、村をつくりたい。それで、健康で穏やかな暮らしを送るんだ。よろしくカーク、アビー、ベル」

「よろしくお願いします、みなさん！」

「カアー、カアッ！」

「おう、魔法は任せとけ！……あと常識も任せとけ。常識外れの『逸脱賢者』だけどな！」

一人と一羽から二人と一羽へ。

そしていま、三人の手と一羽の足が重なった。

健康で穏やかな暮らしを送りたい。

コウタのささやかな願いが実現に向けて動き出す。

死の谷《デスバレー》の先、瘴気渦巻く「絶黒の森」の只中《ただなか》で。

神から【健康】を授かった男と三本足のカラス、非常識な『逸脱賢者』、常識のおかしい荷運び人《ポーター》にとって、場所は問題にならないようだ。

……………常識人はいない。

「それで、人里はどの辺にあるんだろう？　やっぱり死の谷《デスバレー》の向こうなの？」

「そうですね、死の谷《デスバレー》の先から数日ほど北に行った場所に街がありました！　ちゃんと外壁がある街はそこが最後でしたね！　人の痕跡はありましたけど、そこまでは道もなかったです！」

「あとはあっても小さい村か集落ってとこか。村づくりと生活に必要な物資を購入すんならその街がいいんじゃねえか？　村を見つけても買えるとは限らねえし」

「そっか、売れるほど商品があるわけじゃないもんね。こっちは過酷なんだなあ」

「カァー」

アビーはともかく、コウタはこの世界の「普通の場所」で暮らした経験がない。

人が暮らしている場所でも、欲しいものが手に入らない可能性があることにカルチャーショックを受けているようだ。

元の世界、少なくとも日本の物流網はすさまじいのだ。

「死の谷《デスバレー》を抜けて一週間。ってことは、ここから一〇日ぐらいか」

「でも、道がわかったからもう少し早く行けると思います！」

「カアッ！」

「ははっ、手伝うってアピールしてるのかな？　カークは賢いなあ」

「空を飛べるカークがいりゃ死の谷《デスバレー》を抜けるのがラクになるかもな。頼りにしてるぜ、カーク」

切り株の上で羽を広げるカークを見て、コウタとアビーが微笑んだ。

ベルはいつも通りニコニコだ。能天気か。

「村をつくる、かあ。必要なものをいろいろ考えないとね」

「まずは建築用の道具と金物だな。ノコギリ、いろんなタイプの釘《くぎ》、鉋《かんな》はあっても使いこなせねえか。とにかく金属製品は買ってこないとどうしようもねえ」

「ああ、俺とカークは精霊樹のウロで、アビーはテントで、ベルは大岩でなんとかなってるけど、雨が降ったらこのまま生活するってわけにもいかないもんね」

「カァー」

「そういうこった。床はなあ、最悪、土魔法でかさ上げすりゃ土間でもなんとかなるかもしれねえけど、屋根と壁はいるだろ」

「木材は？　鹿のツノで伐り倒せるけど、乾かさないと使えないんじゃない？」

「そこは魔法を開発しようと思ってる。木の水分を抜きゃいいんだ、イケると思うんだよなあ」

「魔法すごい……じゃあ、あとは畑かな？　精霊樹頼りじゃ申し訳ないし、ぜんぶ買ってきてもらうわけにはいかないし」

「そうだな。自給自足とはいかなくても、農具に種苗は欲しい。あとはつなぎの食料に、包丁や鍋も欲しいよなあ。保存のきくヤツが買えりゃいいんだけど」

コウタとカークは、二週間ちょっと、この地で生きてきた。

だが、この場所で暮らしていく、村をつくるとなると足りないものは多い。

というか何もかも足りない。

魔法が存在する世界で『賢者』がいても、すべてなんとかなるわけではないのだ。

「俺、畑をつくってみたい。もともと実家は農家だったんだ」

「へえ、んじゃァコータは農業経験あり？」

「子供の頃、ちょっとした手伝いぐらいだけどね」

「充分充分！　おっし、畑仕事は任せたぞコータ！」

「僕も手伝います！」

「ありがとう。けどこっちはまた違うだろうし、あんまり期待されても……」

「はは、いいっていいって！　ここは絶黒の森だ、こんな場所に畑をつくろうってんだから失敗しても当然だろ！　うまくいきゃ儲《もう》けものってことで気楽にやりゃいいって！」

「カァー！」

「アビー……カークも」

「そうですよコウタさん、食料が必要な時は僕が【運搬】してきますから！　お爺ちゃんも、『村づくりの初期は大変で、けどやりがいがあってなあ』って言ってました！」

めずらしく自分から希望を述べたコウタを、アビーとベルがあと押しする。あとカーク。

自信なさげではあるが、コウタは微笑みを浮かべた。が、すぐに曇る。

「あ。けど、いろいろ買うのにお金が必要だよね……どうしよう」

「カァ？」

獲《と》ってくればいいんじゃね？　というカークの言い分に頷くわけにはいかない。それは獣の論理だ。カークはカラスだが。

「精霊樹の存在は秘密だから、お願いして果実をわけてもらうわけにはいかないし……売れそうなもの……伐り倒した木材、とか？」

「心配いらねえってコータ。少なくとも当面の金はなんとかなる」

「えっ？」

「そうです、大丈夫ですよ！」

「えっえっ。そんな、二人に頼るわけには」

「ははっ、そういうことじゃねえよ。コータと一緒に、鏖殺熊《ジェノサイド・グリズリー》を仕留めただろ？　アレの素材はいい値段で売れるはずだ」

「ああ、そういえば！」

「売っていいよな？　それとも皮は残しとくか？　コータは最初の獲物だったんだろ？」

「あんまり惹《ひ》かれないかなあ。お金になるんだったら売っちゃいたい。安いなら取っておくのもいいかもしれないけど……」

「強力なモンスターですから、いい値段になると思います！」

「うん、じゃあ売っちゃおう。カークもいいよね？」

「カアッ！」

「よし。んじゃこれでしばらく金には困らねえだろ」

「おー、よかった。あとは誰が街まで行くかだけど……」

「僕に任せてください！」

「ああ、ベルには頼みてえ。行きはともかく、帰りは大荷物になるからな」

「えへへっ、荷運び人《ポーター》の本領発揮ですね！　足が鳴るなあ！」

「鳴るのは足なんだね。…………その、申し訳ないけど、俺はまだ大勢の人がいる場所は自信なくて」

「わかった、気にすんなって。コータがいなけりゃここに村をつくるなんて考えられなかったし、オレはどうなってたかもわかんねえんだから」

「……ありがとう、アビー」

「じゃあ、僕と一緒に行くのはアビーさんですか？」

「んんー、今回はやめとくわ。家や農地をつくるのに便利な魔法を開発しときてえからな。落ち着いたら行きたいけど」

「カァ？　カアー、カア！」

「カークは行きたいのかあ。どう思う、アビー、ベル？　カークが行っても大丈夫かな？」

「道中は問題ないだろうな。いまのところ空を飛ぶモンスターは見かけねえし、もし何かあってもカークなら逃げられるだろ」

「街中も大丈夫ですよ！　モンスターなら問題ですけど、犬や猫や鳥を連れてる人は街でも見かけます！」

「だってさ、カーク。よかったね」

「カアッ！」

「……そうだな、その通りなんだけども。三本足のカラスかあ。モンスター、じゃねえんだよな？」

アビーがカークを覗き込む。

カークはつぶらな黒い瞳をきらめかせてクイッと首を傾ける。馬耳東風である。カラスだが。

「よろしくね、カーク！」

「まあ空を飛べるんだ、同行してもいいしこっちに戻ってきたっていい。安全第一にな」

「カアッ！」

「じゃあ俺は、畑をつくる場所を決めて伐採と開墾かな」

「おう、任せたコータ！　斧《おの》はねえし魔法だとけっこう魔力いるけどよ、単なる伐採ならそのツノで一発なんじゃねえか？」

「あっうん、そうかも」

「もし『絶黒の森』の変異種《モンスター》や獣が出てもコータなら怪我ひとつしないだろうしな！」

「だね。へへ、俺にもできることがある、かあ。ふふ」

コウタは二年、仕事をしていなかった。

流れていく時間をやり過ごし、ただ無為に日々を越えてきた。

けれど、ここではやれることがある。

【健康】な体には精神力も体力も活力も宿っている。

コウタは、含み笑いをこぼしていた。じゃっかん気持ち悪めなのはご愛嬌《あいきょう》だ。

「あ、けど伐っても運べないや」

「任せてください！　残しておいてくれれば、僕が【運搬】します！」

「ありがとう。ベルはすごいなあ」

「僕は荷運び人《ポーター》ですから！　木は伐れませんけど、運ぶのはできます！」

「時間かければ伐れるだろ。いや、そういう縛りがｅｘスキルを生むのか？　くっ、わからねえことが多すぎる。落ち着いたらじっくり研究してえなあ」

「カァ？」

無理じゃね？　というカークのツッコミは届かない。

ともあれ、三人と一羽のやることは決まった。

コウタは道と農地づくりのための伐採を、アビーは開拓と村づくりに役立つ魔法の開発を、ベルは街に向かって物資の調達を。

カークはベルに同行して道を確認しながら、並行して周辺の探索やコウタとアビーへの報告を行うことになるだろう。報告は通じないだろうが、何かあったら警告ぐらいはできるはずだ。なにしろ【導き手】のスキルを持つ三本足のカラスなので。

大陸の西の果て、死の谷《デスバレー》を越えた、瘴気渦巻く漆黒の森の中心で。

コウタとカークとアビー、ベル、三人と一羽の、村づくりがはじまった。

健康はともかく、穏やかで平和な暮らしへの道のりは、まだ遠い。


【4】


大陸東部のアウストラ帝国。

帝都から西の国境を越えた不毛の荒地に、ひと組の旅人たちの姿があった。

「はあ。けっきょく、『逸脱賢者』とは会えなかったなあ」

「古代魔法文明の転移罠《わな》による行方不明では仕方あるまい。だが、おかげで騎士団の精鋭と訓練できたではないか」

「うん。アンブローズさん、強かったなあ。最後まで勝てなかったよ」

「『縛りぷれい』じゃしょうがないでしょ、勇者は魔法剣を使ってこそなんだから！」

「けれど、勇者さまの剣技が磨かれたことは確かです。この先の旅路の、大きな武器になることでしょう」

「でも、旅に同行してくれる魔法使いが見つからなかったのも確かなのよねえ」

「試しに来てみたものの、思ったよりも厳しいなあ」

大陸の東側に広大な国土を構えるアウストラ帝国の、西側。

そこは、「領地にするには旨味《うまみ》がない」、荒地が広がるエリアだ。

大陸の中央近くまで続くといわれる岩石砂漠である。

その先には魔王の領域があり、生物が生息できる地形と気候が存在すると予想されているが、目にした人間はいない。

人間の生息域は、大陸の中央を避けてドーナツ状に広がっていた。

発展しているのはこれまで勇者が旅をしてきた東部だ。

西部は人の少ない未発展地帯と考えられていた。少なくとも、大陸東部では。

旅人たち——勇者と、三人の仲間は岩石砂漠を前に大きくため息をついた。

魔王の領域に侵入して、魔王を討伐する。

旅の目的を果たすために、一行は岩石砂漠に侵入した。

もっとも、この一回で奥地まで行って目的を果たそうとしたわけではない。

まずは難易度を確認するための「探り」、いわゆる現地調査である。

「俺の魔法剣は一撃を強くするだけで範囲攻撃はできない。騎士の剣も、斥候の罠も、聖女の守りも、大量の敵には相性がよくない」

「うむ。一対一では後れを取らぬが、こうも多くては時間がかかる」

「私の守りも無限ではありません。今回は保《も》ちましたが……」

「ちょっと、斥候に攻撃を求めないでよ！　隘路《あいろ》に誘導してきただけでも褒めてほしいところだわ！」

勇者のパーティは、女騎士と聖女、それにお調子者の女斥候だ。

男一人に女三人、それも美女美少女揃《ぞろ》いのパーティである。

ハーレム勇者と男性から妬《ねた》まれるのも、女性から敬遠されるのも当然だろう。

「それに、大型モンスターとも相性が良くない。魔法剣なら多少は深く傷つけられるけど、あの巨体にはね」

勇者が目を向けた先、岩に挟まれた隘路には、死屍累々《ししるいるい》の光景が広がっていた。

ハイエナに似た小型モンスター、ゴブリンっぽい小鬼、ハーピー、サソリやカマキリのような虫型モンスターの死体がそこかしこに散らばり、ところによっては積み重なっている。

聖女のサポートを受けて、一昼夜以上戦い続けて各個撃破してきた証《あかし》である。

範囲攻撃できる魔法使いを求めるのも当然だろう。

ちなみに、勇者たちは隘路から退却して開けた場所にいた。

延々と続く戦闘中に、背後をふさがれそうになったのだ。

モンスターとともに狭い空間に押し込められてはたまらないと、四人は大きくまわりこんだ。

迫ってきたのは、体高二〇メートル近い大型モンスター。

巨大岩亀《ヒュージ・ロックタートル》である。

何度攻撃しても、勇者や騎士の剣ではなかなか痛手を与えられない。

仕留めるのに時間がかかり、長い長い連戦をもって、勇者は岩石砂漠からの撤退を決めた。

意気込んで国境を越えたのに、長いとはいえ一戦で退却するのだ。

勇者が落ち込むのも当然だろう。

「もう、だからベルを引き止めればよかったのよ！　そうすればあの大岩で道をふさがせてラクできたのに！」

「城壁に設置するような大型のバリスタがあれば、巨大岩亀《ヒュージ・ロックタートル》ももっと簡単に倒せたかもしれません」

「いまさら言っても仕方あるまい。ベルは荷運び人《ポーター》であることに誇りを持っていた。巻き込まれたのならともかく、ポーター以外の役割を頼んだところで受けまいよ」

「そうだね、うん。だから……戻って、仲間を探そう。ベルみたいな荷運び人《ポーター》……は無理だから、魔法使いを」

言って、勇者は踵《きびす》を返した。

退却するとなれば、過酷な地に長居は無用だ。

手に入れた『アイテムボックス』の中に物資は入っていても、長居すればするだけモンスターから襲撃を受ける危険性が増すのだから。

頼れる荷運び人《ポーター》のベルはパーティを離れ、名高い『逸脱賢者』は行方知れずで仲間に迎えられなかった。

モンスターの大群の討伐に時間がかかり、大型種に苦戦する。

これまで順調だった勇者の旅路は、にわかに暗雲が立ち込めていた。

××××

「おおっ、荷運び人《ポーター》さん！　無事だったのですね！」

絶黒の森を発《た》ち、死の谷《デスバレー》を抜けて北へ数日。

荷運び人《ポーター》ベルは大陸の最も西、「西の果て」にある街にいた。

門を通り抜けてすぐに、ベルは声をかけられた。

「わっ、おひさしぶりです商人さん！」

話しかけてきたのは、ベルが死の谷《デスバレー》に向かう前に出会い、街で何日か一緒に過ごした商人だ。

「街に大岩が近づいてきた」という心当たりのありすぎる情報が耳に入って、門まで会いに来たらしい。

街を旅立った時と違って、ベルは一人ではない。

「カアッ！」

「商人さん、このカラスはカークです！　よろしくお願いします！」

「はは、賢いカラスですね。よろしくお願いします」

「カアー、カァッカア！」

ベルの背負子の上には、カラスがいた。

三本足で背負子に掴《つか》まっている。カークである。

なにやら言ってるようだが伝わらない。カラス語なので。とりあえず、商人に敵意は持っていないらしい。

ちなみに、販売予定の鏖殺熊《ジェノサイド・グリズリー》の素材や貴重品を持ってはいるが、大岩自体は街の外に置かれている。

門を通れなかったらしい。当然だ。

「西方はいかがでしたか？　よければ話を聞かせてください」

「はい、もちろんです！　あ、けど話せないこともあるんですけど……」

「構いませんとも！　情報の少ない西方のことですからね、話していただけるだけでもありがたいのです」

商人いわく、この街は死の谷《デスバレー》に向かうには最後の街だ。

西の山脈や死の谷《デスバレー》は、冒険者や旅人の行く手を阻んできた。

商人が情報を求めるのも頷ける。

「カァ！」

「あっ、そうだ！　売りたいものがあるんです！　それに、買いたいものも！」

ベルが背負子を下ろして、巻きつけていた毛皮を手に取る。

広げる。

ニコニコと誇らしげに、商人に見せつけた。

「ええ、ええ、構いませんとも。情報のこともあります、買い取りには色をつけさせていただきま──げえっ!?　これは!?」

品を見せられた商人が奇妙な声をあげてフリーズした。

ワナワナ震える手を毛皮に近づける。

「えっと、ぜっこ……森で仕留めたんです！　鏖殺熊《ジェノサイド・グリズリー》?っていうモンスターみたいです！」

「ま、まさか、売りたいもの、というのは、この毛皮で、まさかコレを私に売っていただけ」

「はいっ！　毛皮だけじゃなくて、素材を一通り売りたいんです！　あ、日持ちしない肝と、お肉はありませんけど……」

「うおおおおっ！　買います！　買わせていただきます！　買わせてください！」

申し出を聞いた商人がベルに迫る。

人の良さそうな顔だったのに目が血走っている。

カークは驚いてばさっと羽を広げる。

「やった！　あと、これを売ったお金でいろいろ買いたいんです！」

「お任せください！　勉強させていただきます！　ですから私に、ね？　お取引させていただけませんか？」

商人はニコニコと揉《も》み手《て》をするも、目はギラついたままだ。

コウタが無傷で動きを止めて、アビーが倒した鏖殺熊《ジェノサイド・グリズリー》の素材は、貴重なものだったらしい。

「カァー？」

「もちろん荷運び人《ポーター》さんを騙《だま》すつもりなんてありませんとも！　西方と往復できて鏖殺熊《ジェノサイド・グリズリー》を仕留められる人物なのです、これからも末長く良好なお付き合いを続けたいと……え？　先ほど、鏖殺熊《ジェノサイド・グリズリー》を仕留めたと……？　死んでいたのをたまたま見つけたのではなく……？」

「はい！　けど、倒したのは僕じゃありませんよ！　荷運び人《ポーター》は戦えませんから！」

「あっはい。そうですか、戦えない、はあ、そうなんですね」

ベルの言葉に商人が首をかしげる。

あの大岩を運べるのに？　と思ったようだ。

「カァー。カアカア」

まあ仕方ないよな、けどいい買い手が見つかってなによりだ、とカークの鳴き声が響く。

ベルが精霊樹のふもとを旅立ってから一〇日ほど。

勇者のパーティから追放された――もしくは離脱した――少年、荷運び人《ポーター》のベル・ノルゲイは、無事に役目を果たせそうだ。

村づくりに貢献したいという、少年の希望通りに。

第四章　コウタ、仲間とともに僻地の開拓をはじめる

【1】

「よいしょっと」

軽い掛け声とともに、鹿のツノが振り抜かれる。

枝分かれした刃状のツノは、太い幹をスパっと切断した。

形状のせいか、断面は乱れている。

「よし。けっこう広くなってきたし、そろそろ畑づくりできるかな」

心身の不調から会社を辞めて、引きこもっていたコウタが異世界で目覚めてからおよそ三週間。

目覚めてお世話になった精霊樹と小さな湖のほとりに村をつくりたいと、コウタは開拓をはじめていた。

異世界転生なのに、「【健康】で穏やかな暮らしを送りたい」という、ささやかすぎる願いを持って。

コウタのまわりには、伐《き》り倒された木々が並んでいる。

精霊樹から歩いて二、三分ほど離れた場所で、木々はまだ変色していない。

専用の道具がない状態での木の伐採。

重労働のはずだが、コウタはいまのところ、一刀であっさり伐り倒せていた。

黒い鹿《ホーブレス・ディア》から譲られたツノは、尋常ではない斬れ味らしい。

「ほんと、これがなかったらどうなってたか。今度会ったらまたお礼をしたいなあ」

コウタがふうっと息を吐いて額の汗を拭《ぬぐ》う。

が、汗をかいているわけでも、疲れが溜《た》まったわけでもない。

コウタは【健康】を授かっているのだ。

疲れはなく、この世界に来てから思い悩みすぎてふさぎ込むこともなく、瘴気《しょうき》で変異した鹿の突進を受けてもダメージはない。

「陽も傾いてきたし、今日はこれで終わりにしよう。よっ、わっ!?」

たいして考えずに鹿ツノ剣を振ったところ、木はコウタに向けて倒れてきた。

幹まわりが一抱えもあるような、立派な木が。

素人の伐採作業ほど危険なものはない。ない、のだが。

「わあああああ、ああ？　そっか、俺、【健康】なんだった」

木はとっさに掲げた腕に止められた。

コウタはぬぼっと立ったままで潰《つぶ》されることもない。

案内役の女神から授かった【健康】は、理不尽なレベルで【健康】を実現させてくれるらしい。

これがなければ、コウタはすでに何度も死んでいたことだろう。

一緒にこの世界に来て三本足になった相棒で友達の賢いカラス、カークがいたとしても。

「集中力が切れてるってことかな。うん、終わり。今日はこれで終わり」

言って腕を傾けると、木はドンッと地面を揺らして倒れた。

まるで、重さを取り戻したかのように。

安堵《あんど》したコウタがふっと顔をあげる。

目が合った。

視線の先にいたのは、絶黒の森の濃密な瘴気で変異したモンスター。

黒い鹿《ホープレス・ディア》である。

鋭いツノで人も動物もモンスターも斬り裂き、敏捷性《びんしょうせい》と速度で何者も逃さない『絶望の鹿《ホープレス・ディア》』である。

精霊樹と小さな湖のあるあたりに出没するのは初めてのことだ。

「あ、ひさしぶり」

ペコっと会釈するコウタ。呑気《のんき》か。

つられて鹿も会釈した。平和か。

長く伸びた右のツノがコウタの方を向く。

根元から折れた――折った左のツノは、生えかけでまだ短い。

「ツノ、役に立ってるよ。ほんとにありがとう。そうだ、前にあげた果実はいる？　お願いしたヤツじゃないから効能はないかもだけど」

置いてあったリュックから精霊樹の果実――アンブロシア――を抜き出してひょいっと投げると、鹿は器用に口でキャッチした。

野生動物に餌付けしてはいけない。

いかに上下関係を叩《たた》き込まれていたとしても、危険なものは危険なのだ。ましで相手はモンスターである。

「よかった、最近見かけなかったから心配してたんだ。鹿さんのナワバリに鏖殺熊《ジェノサイド・グリズリー》ってヤツもいたし」

コウタの言葉に、鹿はしゅんと頭を垂らした。

面目ねえ、ちっと不安定だったもんで、とでも言うかのように。

「あれ？　なんか感じが変わった？　大きくなってるし黒が薄くなったような？」

絶望の鹿《ホープレス・ディア》の存在感は変わらない。

コウタがひと目でわかったように、顔つきも変わらない。

だが、体はふたまわり大きくなっている。

体色が黒いことに変わりはないが、黒はやや深みをなくした。リッチブラックからK一〇〇になった。

「瘴気の浄化作用があるってアビーが言ってたし、まさか、俺がアンブロシアをあげたせいで弱くなった、とか？」

おそるおそる聞くコウタを鼻で笑って、鹿はゆっくり首を振った。

むしろ強くなったンすよ、とでも言いたげに。

言いたいことは理解できなくても、なんとなく雰囲気は伝わったらしい。

コウタはほっと胸を撫《な》で下ろした。

「ならよかった。じゃあ、俺はそろそろ行くよ。そうだ、この辺でアビー……見た目は女の子と、ベルって男の子と暮らしてるんだ。襲わないようにね」

そう言い残して、コウタは去っていった。

黒い鹿《ホーブレス・ディア》は頭を下げてコウタの後ろ姿を見送る。

コウタが異世界で目覚めてからおよそ三週間。

いまのところ、常識的な生物との交流はない。

カラスと鹿はもちろん、アビーとベルも常識は怪しいところだ。

× × × × ×

「こちらが頼まれていた品々です。ほか、村づくりに必要なものも用意いたしました。目録はこちらに……あ、字は読めますか？」

「ありがとうございます！　はい、字は読めますよ！　『一流の荷運び人《ポーター》は字が読めないと』ってお母さんに教わりました！」

「それは何よりです。ではこちらが目録、それとこれは今回の取引の差額です。明細はこちらに」

「ありがとうございます！」

大陸の西方は、山々が連なる山脈が南北に走っている。

険しい山々は人々の侵入を阻み、誘い込むように存在する死の谷《デスバレー》は踏破を試みる冒険者や旅人を飲み込んできた。

人類領域において「西の果て」にある最後の街の門の外で、二人の男が会話をかわしていた。

荷運び人《ポーター》のベルと、知己となった商人である。

「わ、お金も物資もこんなに！　いいんですか？」

「ええ、これからも末長くお付き合いさせていただきたいと、がんばらせていただきました」

「ありがとうございます！　コウ……みんなも喜ぶと思います！」

「もしご案内いただければ私どもが荷を届けることも可能ですが……」

「すみません、場所は秘密なんです！　それに、荷運び人《ポーター》じゃないと難しいと思いますよ？」

「なるほど……ベルさん」

「はい？」

「販売した品はすべて一般的なもので、禁制品はありません。西の山々とその先は『領主』もいませんし、開拓しても村をつくっても、何の問題もありません」

「そうなんですね、よかったです！　アビ……みんなは知ってたのかもしれません！」

「開拓が頓挫する危険はありますが、鏖殺熊《ジェノサイド・グリズリー》を倒せる方がいるのです、ほかの開拓地よりその可能性は低いでしょう」

「そうですね、僕たちはきっと大丈夫です！」

「小さな村の発展に商人として寄与したいというのは、私も思うことです。荷運び人《ポーター》のベルさんと同じように」

にこやかだった商人が、真剣な眼差しをベルに向けた。

ベルは荷造りを進めて、あとは大岩を背負うばかりとなっている。

「ベルさんが村をつくっている場所を……いつか、教えていただけませんか？　ご案内していただけませんか？」

「そうですね、みんなの『おーけー』が出たら連れていきますね！」

「はは、では私は公正な取引を続けさせていただきましょう。ベルさんと、みなさんの信頼を勝ち取れるように」

商人が手を差し出す。

ベルがその手を握る。

「これからもよろしくお願いします」

「はい！　こちらこそよろしくお願いします！　よいっしょっと」

手を離したベルが、荷を満載した大岩を背負う。

華奢《きゃしゃ》な少年が背丈をはるかに超えた岩を軽々持ち上げるその光景は、何度見ても商人をぎょっとさせた。

近くにいた門番も目を丸くしてあんぐり口を開けている。

「それじゃあ、また！」

「はい、いい旅路を。またのお越しをお待ちしております」

荷運び人《ポーター》を名乗る少年、ベル・ノルゲイは、気軽な様子で旅立っていった。

最後の街から南西へ、人類が生活している領域を離れて、モンスターが闊歩《かっぽ》する未開の地へ。

死の谷《デスバレー》を越えて、絶黒の森の只中《ただなか》にある、ベルの新たな拠点へ。

「心から、お待ちしております」

見送った商人が深々と頭を下げる。

ベルが精霊樹と小さな湖のほとりを発《た》ってから二週間ほど。

荷運び人《ポーター》は街での用事を済ませて帰路についた。

購入した品々を持ち帰ったら、本格的に開拓が進むことだろう。

とはいえ。

三人と一羽の村づくりは、まだはじまったばかりである。


【2】


「帰ってきたか。おかえりコータ」

今日の伐採を終えて精霊樹のふもとに戻ってきたコウタを迎えたのは、一人の少女だ。

結婚するか勇者の仲間になるか《ハーレムに入るか》の選択をつきつけられて、どちらも選べないとイチかバチかの片道転移に挑んだ少女。

侯爵家令嬢にして、積み重ねた実績と常識外れの発想から『逸脱賢者』と呼ばれるアビー——アビゲイル・アンブローズである。

少量の物資をやり取りできる空間魔法「ワープホール」で実家の隠し部屋とつながっているが、本人としては「家から逃げたオレが家名を名乗るのは申し訳ない」らしい。

「ただいま、アビー」

金髪碧眼《へきがん》の美少女に「おかえり」を言われてもコウタに動揺はない。

元引きニートだったコウタのコミュ力が鍛えられた、わけではない。

いやそれもあるだろうが、二年も人と会話してこなかった男が、女の子に声をかけられてそうそうスムーズに会話できるようにはならない。

アビーは、体は女性だが心は男性で、恋愛対象は女性だ。

見た目こそ女性だが、コウタはアビーを男性として捉えていた。

無防備な露出には時おりチラ見してしまっているが。哀《かな》しい習性である。

「そうそう、帰る前にあの鹿に会ったよ。体も大きくなってちょっと黒が薄くなってたけど」

「おお、無事だったのか。ん？　体が大きく？　黒が薄く？」

「うん。でも、元気そうだった」

「……絶黒の森の瘴気を吸収した変異種・絶望の鹿《ホープレス・ディア》がアンブロシアを食べたことで変異したのか。ヤベエだろそれ。絶望の先には何があるんだ」

「け、けどほら、俺たちを襲わないようにって言っておいたから」

「そっかあ。そうだといいなあ。期待してるぞ【言語理解】」

アビーが遠い目をする。

精霊樹と小さな湖のほとりには、今日も美しい景色が広がっていた。

周囲は瘴気渦巻く絶黒の森だが、ここだけは。

「今日はそこそこ進んで、もうすぐ畑づくりに取り掛かろうと思うんだ。アビーはどう？　進んだ？」

「おう、よく聞いてくれた！　ついに完成したぞ、木材を乾燥させる魔法が！」

「おおっ!?　すごいねアビー！」

「ふぅははは！　もっと褒めてくれ！　いやあ苦労した。火魔法単体じゃうまくいかなくてな、火と風と水の複合魔法だ！」

「はあ、なんだかすごそう。俺も使えるようになるかなあ」

「いまんとこ難しいかもな。コレが広まりゃ開拓に革命が起こりそうだけどよ、オレ以外に使える気がしねえ」

「そっか……」

「け、けどほら、コータなら！　オレと同じイメージはあるんだし、いつかはな！　焦らないでコツコツ初歩からな！」

「そうだね、うん。何事も最初から。伐採だって、続けたからここまできたんだし」

「そうそう、その意気だ！……ほんと、あっという間に畑予定地ができたんだもんなあ。【健康】すげえ。着実にやるコウタの根気もすげえよ」

「はは、ありがとうアビー。この体とスキルをくれた女神様に感謝しないとね」

コウタは精霊樹にぺこっと頭を下げる。

つられて、アビーはすぐ横の精霊樹を見上げた。

革紐《かわひも》で結んだアビーの金髪が揺れる。

コウタの感謝に応えるかのごとく、精霊樹の枝もさわさわ揺れる。

「……あれ？」

「どうしたコータ？」

「あ、やっぱり！　おーい、カーク！」

精霊樹を見ていたコウタが、湖の上に視線を移した。

空を見つめて大きく手を振る。

小さな湖の向こうから飛んでくる、一羽の鳥に向けて。

カラスだ。

日本で見かけるカラスよりひとまわりかふたまわり大きく、二本の足の間からもう一本の足をぶらさげたカラス、カークである。

ベルとともに片道一週間ちょいかけて街まで出かけたカークが、帰ってきたようだ。

「カアー！」

大きく一声鳴いて、カークがばささスピードを緩める。

コウタが差し出した手にすっと止まる。

「おかえりカーク！」

「カアッ！」

「無事で何よりだ、おかえりカーク。街はどうだった？　ベルもそろそろか？」

「カア！　カァカァ、カアー！」

なんだか誇らしげに胸を膨らませて鳴きわめくカークだが、コウタとアビーには通じない。

首尾を聞いたアビーも特に答えを求めたわけではない。

「えーっと、カークが帰ってきたってことは……」

コウタがきょろきょろあたりを見まわす。

カークが帰ってきた湖とは違う方向。

コウタが伐採して見通しがよくなった森の先に、ひょこひょこ揺れる大岩が見えた。

「よかった、ベルも無事だったみたいだね」

「ああ。それにしても……何度見ても違和感あるな、アレ」

魔法と、おそらくスキルが存在する世界。

一八年を過ごしてきても、アビーは目の前の光景が信じられないらしい。

なにしろ縦も横も五メートルほどの大岩を、一人の人間が背負って運んでいるので。

中がくり抜かれているとはいえ、軽く一〇〇トンは超えるだろう。目を疑うのも当然である。

「カァー」

いまさらだろ、とばかりにカークが鳴く。

約二週間の往復で見慣れたのだろうか。

もっとも、空を飛べるカークはちょいちょい帰ってきてコウタと過ごしていたのだが。

「どれ、無事に往復してきたベルにお茶でも用意しといてやるか」

アビーが湖に向かって歩き出す。

水を汲《く》んで沸かしてお茶を淹《い》れるつもりらしい。

実家から取り寄せた茶葉は貴重だ。

アビーなりの労《ねぎら》いなのだろう。

「じゃあ俺は……ベルに食べさせる実を分けてもらえませんか？」

一方、コウタは精霊樹に向き直って願う。

と、果実が三つ落ちてきた。

二つはコウタのもとへ、一つはカークのもとへ。

「カアー！」

「ごめんごめん、カークの分もね。ありがとうございます」

果実を空中でキャッチしたカークは不満そうだ。

俺を忘れんなよ、とでも言いたいのか。

何度も帰ってきて、その度に果実――アンブロシア――を食べていたのに。

日々分け与えているのに、精霊樹の果実が減った様子はない。

盆地に満ちた瘴気や魔力がエネルギー源となっているのか。

ありのままを受け入れているコウタとカークは別として、アビーにとって精霊樹は「いずれ調べたい」と考えている研究対象である。

二人が準備していたわずかな間に、大岩はぐんぐん近づいてきた。速い。運搬中の荷運び人《ポーター》は足も速くなるのかもしれない。

街まで行って帰ってきたベルの表情は変わらない。

いつものごとく笑顔を浮かべて、コウタとカークとアビーに手を振った。

たたたっと駆け寄ってくる。大岩の重さなど存在しないかのように。バケモノか。

そして。

「おかえり、ベル」

「無事で何よりだ、おかえりベル」

「コウタさんもアビーさんもカークも、ただいまです！」

「カアー！」

二人と一羽が、帰ってきた一人を迎えた。

カークは俺も行ってただろ、とでも言っているようだが。

コウタとカークが異世界で目覚めて一ヶ月以上が経《た》つ。

物資を購入してきたベルが荷物を運搬してきて。

ようやく、本格的な開拓と、異世界生活がはじまる。


「街はどうだった？　熊の素材は買い取ってもらえたかな？」

「はいっ！　これが売却の明細で、こっちが購入したものの明細です！」

「どれどれ……」

「……字が読めない。アビー？」

「おー、鏖殺熊《ジェノサイド・グリズリー》の素材はいい値段で売れたんだな」

「『末長い取引を期待して色をつける』って言ってました！」

「ははっ、なるほどなるほど。欲しいものも格安で売ってくれたし、いいんじゃねえか？」

「いい商人さん？　お店？　を見つけてくれたみたいだね。ありがとうベル」

「そうだ、場所は秘密ですって言ったら、『いつか案内してほしい』って言われました！」

「んー、まあそこは長い目で見て、だな。どう思うカーク？」

「カァ、カア？」

カークは、商人には道中が厳しいんじゃねえか、と言いたいらしい。人間には通じない。

「秘密を守れて、精霊樹に変なことしない人じゃないとだもんね。それに、いまはこの場所を整えるのが先かなあ」

「それは間違いねえな」

瘴気に満ちた「絶黒の森」だが、この場所は違う。

精霊樹の周辺は空気も土地も清浄だった。

しかもその精霊樹は、幹も枝も葉も実も貴重なのだという。

この地に愛着が湧いたのだろう、コウタはここを荒らされたくないらしい。

異世界に転生したのに、居着く決意をするほどに。

「それでベル、どうだった？　頼んでたものは買えた？」

「明細を見る限りじゃリストの大半を買えたみたいだな。荷物は……ああ、岩の中か」

「はい！　ちょっと取ってきますね！」

アビーが淹れたお茶を飲み干して、ベルがさっと立ち上がる。

かたわらに置いた——というより「鎮座する」——大岩に登る。

上部に開いた穴から、岩の内側に潜り込んだ。

ベルが背負う大岩は中がくり抜かれている。

出入り口は複数あるが、一番大きなものは上部に存在した。

高い位置に設置することでモンスターの侵入を防ぐ策らしい。なにしろベルはこの中で寝泊まりするので。

ちなみに、岩の内部は上下二層に分かれていた。

寝泊まりする空間と、倉庫スペースなのだという。

いかにベルが小柄とはいえ、就寝は横になるのが精一杯だ。狭い空間でも問題ないタイプらしい。

もちろん、大岩には出入り口のほか空気穴も開けられている。

ベルが何度か往復して荷物を下ろす。

湖畔にはいくつもの布袋や金属製品が積み上がった。

「これで全部です！」

「す、すごい量だね……」

「カァー」

「ほんとどうなってんだこれ。すごすぎるだろスキル【運搬】。まああの大岩を運べてる時点でいまさらだけどよ」

「それとこれ、余ったお金です！」

最後に、ベルが小袋を差し出す。

受け取ったコウタがあらためると、中には銀貨や金貨が入っていた。

鏖殺熊《ジェノサイド・グリズリー》は、大岩いっぱいの荷より高く売れたらしい。

「おお……お金……モンスターを倒して、稼いだ、お金……」

異世界の硬貨を見てコウタは打ち震えている。

初めて見るこの世界のお金、だからではない。

二年ほど前に仕事を辞めて以来、初めての「何かを成し遂げて得た対価」だからである。

「こっちでの初給料みたいなもんだろ？　何に使うんだコータ？」

「カークとアビーとベルがいなくちゃ手に入らなかったお金だし、村づくりの資金にしようよ。これからもいろいろお金がかかるだろうし、売るものの目処《めど》はついてないし……」

「まあなあ。乾燥させた木材は売れるかもしれねえけどたいした額じゃないだろうし。瘴気込みの

木材は、錬金術師や魔法使いなんかは欲しがりそうだけど」

「カァッ！」

人里離れた場所を、「穏やかな暮らし」が送れる村にする。

家も畑もない現状を考えると、相当なお金がかかることだろう。

しかも、資金を稼ぐあてはない。

臨時収入を開拓資金にまわすコウタの判断は妥当なはずだ。カークも賛成してる。たぶん。

ニマニマ笑みをこぼすコウタを置いて、アビーはほかの荷を確かめはじめた。

硬貨の輝きに目を奪われていたコウタも我に返る。

「わ、すごいねベル！　ノコギリに釘《くぎ》、ナイフ、包丁に鍋もある！」

「食料もけっこう買えたみたいだな。おっ、鍬《くわ》や種苗も手に入ったのか！　よしよし、オレが取り寄せた種芋と合わせりゃ畑に植えるものも不足しなさそうだ」

「そのあたりは、お金さえあればけっこう簡単に手に入るって言ってました！　あとロープもありますよ！」

「すごいよベル！　これで生活が充実するなあ」

「安く買えたみたいだし、これはいい商人を捕まえたかもしんねえな」

「え？　捕まえてませんよ？　運んできた方がよかったですか？」

「発想が怖《こえ》え。え、荷運び人《ポーター》って人も運ぶの？『荷』って人も入るの？」

「『人も動物もモンスターも、死んだら荷だ』ってお父さんが言ってました！」

「ホラーかよ。いやそうなのかもしれないけども。荷運び人《ポーター》の村の住人は全員サイコパスかな？」

「カァ……」

「さいこぱす、ですか？」

「なんでもねえ、忘れてくれ。キレイさっぱり忘れてくれ」

首をかしげる少年を前に、アビーは諦めたように天を見上げる。カークは力なく首を振る。

「よし、これで開拓が進められるね！」

「そうだなあ。ベルも戻ってきたし、役割分担を考え直すか」

「なら僕は、コウタさんが伐り倒した木を運びます！」

「助かるよ、ベル。俺じゃ重くて運べないから」

「助かる……えへへ……はい！【運搬】は荷運び人《ポーター》に任せてください！」

「んじゃオレは魔法で木材の乾燥と整地に取り掛かるか。んで時間ができたら雨風がしのげる小屋を建てるかなあ。おっと、生活排水もどうにかしねえとな！」

「ベルもアビーも特技があってすごいなあ。俺は……」

「ほらコータ、考えすぎんなって。コツコツ木を伐り倒して畑予定地を確保したんだろ？　ちゃんと結果を出してるじゃねえか」

「……ありがとう、アビー」

ベルとアビーと比べて自分は、と自省しだしたコウタをアビーが止める。

考えるな、ではなく、実績を誇れと。

社会人経験はなくとも、根がポジティブなのか。

コウタは、控えめに笑った。

「カアー」

「うん。俺は、畑をつくるよ」

「ああ、任せた！　ってオレも手が空いたら手伝うけどな！　まあほら、コータなら伐採もできるし、道づくりみたいに一つのことをやり続ける気力があるだろ？　合ってると思うんだよ」

「俺に……合ってる……」

「アンブロシア以外で、食料を安定して確保するのは優先課題だしな。頼んだぞコータ！」

コウタはこの世界で目覚めてから【健康】を得ている。

そのせいか、ベルが帰ってくるまで続けた木々の伐採も苦にならなかった。

アビーは、同じ作業を繰り返せるコウタの「根気」を評価しているらしい。

あと疲れない体と心と、何かあっても無傷であることも。

「やってみる。実家は農家だけど、子供の頃に手伝ったぐらいで……あんまり知識はないし、こっちじゃまた別かもしれないけど……」

「こっちのやり方がわからねえのはオレもだな！　とりあえず伐採して根っこも処理して耕して……あとはなんだ？　わかるかベル？」

「えっと、村では『栄養がある土』を運んできて、そこを畑にしてました！」

「力技が過ぎる！　合ってるんだろうけども！」

「カァー……」

「元が森だからな、作物によっては耕せばイケると思う。あーけどここは『絶黒の森』かあ」

「いろいろ試してみるよ。こっちじゃ初めてのことだし失敗するかもしれないけど……」

「まあそれしかねえな！　失敗しても気にすんなよコータ、ここは特殊な場所だからな！」

「うん。ありがとう、アビー」

片手に鹿のツノの刃物を、もう一方の手に鍬を持ったコウタが頷《うなず》く。

やる気になっているらしい。

だが。

「ま、なんにせよ明日からだな！　もうすぐ日が暮れるし、今日はベルの帰還祝いだ！」

「ありがとうございます、アビーさん！」

「カアー！」

「はは、カークもね。長旅お疲れさま」

「鍋も食料も手に入ったし、今日は熊鍋にするか！　いつまでも冷凍してらんねえしな！」

「わっ、豪勢ですね！」

「カァカア！」

「おおー。この前食べた熊焼肉は美味《おい》しかったもんなあ」

ひとまず、各自の作業は明日からになった。

コウタのやる気は先送りだ。

「明日から本気出す」である。いい意味で。

コウタとカークが異世界で目覚めてから一ヶ月と少々。

三人と一羽は、ようやく生活基盤を整えようとしていた。

家と畑と、道の整備。

完成すれば「集落」と呼べる程度にはなるかもしれない。

【3】


「おー、すごい！　ザクザク斬れる！」

ベルが物資を購入して街から戻ってきた翌日。

コウタはついに、自ら伐採した場所の開墾をはじめていた。

使っているのはベルが買ってきた鍬《クワ》——ではない。

「ほんと、このツノすごい。お礼、まだ足りなかったかな」

根が残る地面に向けて振るっているのは、黒い鹿《ホーブレス・ディア》が差し出した刃状のツノだ。

枝分かれしたツノは、木の根も石も一緒くたに斬り裂いた。

ちなみに、ツノに柄《つか》はない。

じゃっかん丸くなっているが、持って振るえば通常は手がボロボロになることだろう。

だがコウタに関係はなかった。

女神から授かった【健康ＬＶ．ｅｘ】のおかげである。

「あとは鍬で耕してみて……うまく実るといいなあ」

一度手を止めて、作業の成果をぼんやりと眺める。

コウタが耕しているのは、精霊樹からやや離れた場所だ。

清浄な土地の中心はコウタとアビー、ベルの生活の場にして、東側を畑にするらしい。

といっても歩いて二、三分しか離れていない。

「わっ、もうこんなに進んだんですね！　さすがですコウタさん！」

「ベルも順調みたいだね。荷運び人《ポーター》ってすごいんだなあ」

畑予定地のすぐ横は死の谷《デスバレー》への道だ。道になる予定だ。

その道を通ってベルがやってきた。

背に、コウタが伐り倒した木々を背負って。二宮金次郎《にのみやきんじろう》スタイルである。

ひと抱えはある太さで三メートルほどの長さに伐った木を、一〇本ほど背負って。異世界の二宮金次郎は運搬量がえげつない。

「えへへ、ありがとうございます！」

ぺこっと頭を下げたベルが、スタスタと歩いていく。

荷の重量を感じさせないほど軽快に。二宮金次郎えぐい。

「おーい、コウタ！　ベル！　お昼にするぞ！」

「もうそんな時間かあ」

「なんだかあっという間ですね！」

「……うん、ほんとにね」

無邪気なベルの言葉に、コウタは噛《か》みしめるように頷いた。

日本にいた頃はあれほど時間が過ぎるのが遅かったのに。

ひょこひょこ揺れるベルの荷に続いて、コウタはゆっくりと歩いていった。

まあ、すぐそこなのだが。

「今日の昼メシは昨日の熊鍋の残りを使った雑炊だ！」

「え？　アビー、こっちにお米があるの？」

「雑炊風煮込みだ！」

「ないんだ。そっかあ」

「カァー」

肩を落とすも、コウタはそれほどがっかりした様子はない。米至上主義者ではないらしい。

むしろコウタよりカークの方がショックを受けていた。さすが農家の敵。消化に時間がかかる生米は好まないいんじゃないのか。炊かせる気か。

「あ、おかえりカーク。まわりはどうだった？」

「カァ、カア！」

いつの間にか戻ってきていたカークに声をかけるコウタ。

午前中、カークはふらふら遊んでいたわけではない。

精霊樹と小さな湖周辺の見まわりがカークの担当である。ナワバリの巡回である。

ひとまず異常はないらしい。

いかに飛べるといえど、絶黒の森すべてを見てまわったわけではないようだが。

「いやあ、鍋があるとほんと便利だな！　ビバ文明！　ありがとう金属製品！」

料理を担当したアビーはご機嫌だ。

ちなみにアビーが料理しているのは女性だからではない。

コウタは簡単な料理しかできず、ベルは謎煮込みしか作れないらしい。旅はもっぱら保存食か煮込みだったとか。荷運び人《ポーター》に料理の腕は求められないのか。

「コータも、金属の鍬があってラクだったろ？　この世界、場所によっちゃ木製の鍬で耕してっからなぁ」

「まだ使ってないんだ。俺にはコレがあったから」

「モンスター素材の方が便利だなんてな！　剣と魔法のファンタジー世界は理不尽すぎる！」

「ほんとにね。アビーはもう整地も終わって、いまは水路をひいてるとこ？」

「ああ、土魔法はニガテな方だからな、パパッとはいかねえけど」

よそってもらった熊鍋を食べながら、コウタがまわりを見る。

精霊樹は変わらない。

小さな湖自体も変わらない。

だが、その周辺はすっかり整いはじめていた。

石と土でかまどが組まれて、その横には薪《まき》が積まれている。

イスがわりの切り株を並べたまわりは平らな広場になっていた。

端にはアビーの家建設予定地と、ベルの大岩が置かれている。

少し離れた場所、木々の間に張られた布はトイレ用の目隠しらしい。

生活スペースをざっくり整えたアビーは、いま水路づくりに取り掛かっているのだという。

予定では、湖から水を引き込んで川に流すことになっていた。

水を通したら、次は家づくりに挑戦するのだろう。

広場から外れた森の手前には、コウタが伐ってベルが運んできた木材が積まれている。

アビーが開発した「木材乾燥用の魔法」を使えば、すでに家づくりには充分な量だ。つくれるかどうかは別として。

「ほんと、この世界ってすごいね。ツノのおかげで家庭菜園ぐらいの広さならもうすぐ耕し終わりそうだし」

「いやコレが普通じゃねえからな？　そのツノの斬れ味が異常なだけだからな？　あと怪我《けが》も疲れもない【健康】なコウタの体」

「あれだけ伐ったのに、運搬も今日中に終わっちゃいそうだし」

「えへへ、僕は荷運び人《ポーター》ですから！　【運搬】は得意なんです！」

「目を覚ませコータ。ベルの運搬量は異常だぞ？　下手したら重機以上だからな？」

「整地も水路づくりもこんなに進んでるし」

「さすがですアビーさん！」

「そ、そうか？　まあそれほどでもあるけどな？　オレは『逸脱賢者』だし？」

「カァッ！」

そこで乗るのかよ！　とばかりにカークが突っ込む。カラス語は通じない。

人間たちは、たがいの仕事の進み具合を讃《たた》えあっている。平和か。

バサバサ羽ばたいて主張するカークを見て、ようやくアビーが我に返った。

「コータ、これは普通じゃねえからな？　こんな簡単に、こんなスピードで開拓が進むんだったらこの大陸はもっと発展してる」

「そうなんだ？」

「ああ。こんだけスムーズなのは、瘴気をものともしねえ【健康】なコータと、【運搬】のエリートのベルと、あと『逸脱賢者』のオレが揃《そろ》ってるからだ！」

「カアッ！」

「ははっ、わりぃわりぃ。あと周辺を見まわってくれるカークがいるからな！」

「そうですよアビーさん！　カークがいるから僕はお二人に会えたんですから！」

「ってことで、こんだけ速いのは普通じゃねえってことだ。自重する気はないけどな！」

「……そうなんだ」

「カァー」

三人と一羽が生活を整えようと作業をはじめてから、わずか半日。

半日でそれぞれの作業は驚くほど進んでいた。

アビーからしたら異常なスピードで。

この世界の常識人が知ったら卒倒するほどの速さで。

絶黒の森に常識人はいない。カークはわりと常識人っぽいが、人ではないので。


【4】


「よし！　開通だ！」

「こんなに早く水路をつくれるなんてすごいですアビーさん！」

「ははっ、まあこれぐらいの細いヤツならな！　なんてったってオレは『逸脱賢者』だからな！」

「おおー、水が流れてる」

「おう、うまく流れるようにするのは大変なんだぜ？　けどオレは『空間魔法』の使い手だ、空間把握はお手のものよ！」

「カァ、カア！」

「あっちょっ、カーク！　できたての水路で水浴びはマズいって！」

「いいっていいって。この辺の水はキレイだし、排水として川に流すだけだかんな、カークの水浴びぐらい平気だって！」

コウタとアビー、ベルがそれぞれの作業をはじめた翌日。

精霊樹から整地した広場を挟んだ先に、水路が完成した。

水路といっても大きなものではない。

深いところでも一メートルはなく、幅は一歩で越えられるほど。

道路脇にある側溝と同じようなサイズ感だ。

だが、これで生活は便利になるだろう。

水路はそのまま飲める湖の水を引き込んで、かまどの横を通る。

異世界基準でいうとまだキレイな状態のため、そのまま調理用に使える。

その後、コウタが開墾中の畑予定地のすぐ近くを水は流れていく。

必要になればこの水を汲んで農業用水とするつもりらしい。

最後に、アビーが持ち込んで設置した野外トイレ用の魔道具の横を通って、水は川に流れ込む。

ちなみにトイレ横を通るのは手洗いのためだ。

この水路の水でブツを直接流すわけではない。

異世界のトイレ事情、少なくともアウストラ帝国貴族のトイレ事情はそれなりに発展していた。

トイレ用の魔道具を取り寄せたアビー様々《さまさま》である。

「よーし、これで次は家だな！」

「待ってアビー。お風呂かシャワーを先につくった方がいいんじゃない？」

「けどコータ、いまんとこなんとかなってるぞ？」

「俺とベルは湖に飛び込むか、お湯を沸かして拭けばいいけど……アビー用のはつくった方がいいんじゃないかなあ」

「カア！」

遠慮がちに言うコウタに、カークがもっともだ！　とばかりに鳴く。気遣いできるオスである。全裸のカラスだが。

転生者であるアビーの心は男性のままだが、体は女性だ。

コウタもベルも普段は同性のように接しているが、アビーの全裸や半裸を見るのは抵抗があるらしい。

「上に水を溜めて沸かして……面倒だな、オレ一人なら魔法でお湯を出せばいいか。ってことは必要なのは目隠しと足場、排水の仕組みだけだな」

「いつかはお風呂をつくりたいよね」

「それはたしかに！　この環境なんだ、露天風呂がいいよな！」

「わあ！　じゃあ僕、湯船を運んできましょうか？」

「なあベル、湯船って浴槽のことだよな？　お湯もまるごと【運搬】してくるってことじゃねえよな？」

「そっか、ベルがいればその手もあるのか。掘るのはともかく、檜風呂《ひのきぶろ》みたいなのは難しそうだもんね」

「木組みはキツいだろコータ。オレたちはシロウトだぞ、陶製のを買ってくるか、土を掘ってキレイにするしかねえって」

夢をふくらませながら、三人は水の流れを追って水路の横を歩く。

コウタは、手に小さな布袋を持っていた。

畑予定地までたどり着いたところで、三人の足が止まった。

「さて、次はコータの成果を見せてもらう番だな！」

「うん……たぶんこれでいいと思うんだけど、あんまり自信はないかな……」

「オレたちはみんな農業経験ないんだ。みんなわからねえし失敗したらまたやりゃいいんだって！」

「そうですコウタさん、ダメだったらまた僕が街まで行ってきますから！」

「カアッ！」

「みんな……ありがとう」

失敗を恐れる必要はないと励まされたコウタが涙ぐむ。【健康】でも涙腺は強くなっていないらしい。涙することもまた【健康】の証拠なのだ。たぶん。

決意を固めたコウタは、布袋の口をほどいた。

手を突っ込む。

中身を取り出す。

出てきたのは芋だ。

アビーが取り寄せた種芋と、ベルが街から運んできた種芋の二種類だ。

「じゃあ、植えていくよ」

「おう！　なあに、たいていの場所で育つらしいからな、気軽にやってみりゃいいって！」

「そうです！　商人さんは『土の栄養が足りなければ魔力で補う品種です』って言ってました！」

「……おいベル、それ大丈夫か？　ここは『瘴気渦巻く絶黒の森』だぞ？　変異するんじゃねえか？」

「きっと大丈夫だよアビー。ほら、このあたりは精霊樹のおかげで土も木も普通だから」

「それはそれでヤバい気がするんだよなあ。まあ、いま考えてもしょうがないか」

雑談もそこそこに、コウタは畑っぽいところの前に立つ。

鹿のツノで木を伐り倒して根を斬って石を取り除いて、仕上げに鍬で耕した、コウタが最初から手がけた農地予定地だ。

コウタは、畝《うね》っぽくしたものの土をかきわけて、そっと種芋を置いた。

コウタ、二年ぶりの「仕事」にして、異世界初の「仕事」である。

まあ伐採も開拓も立派な仕事なのだが、コウタの心情的に。

「どうか、うまく育ちますように。俺たちの、健康で穏やかな暮らしのために」

そう言いながら、コウタはそっと土をかぶせた。

真面目に真摯《しんし》に、祈るように。

「さーて、んじゃあとは総出でやってくか！」

「はいっ！　植え付けは村にいた子供の頃以来です！」

「よろしくね、アビー、ベル」

「カアー！」

「ええ？　カークは手伝えないんじゃない？」

「カアッ、カア！」

「うん、畑の見まわりを頼むよ。いまだけじゃなくて普段から。あ、食べないようにね？」

「カァ……」

いくら雑食だからって種芋も草も食べねえよ、とばかりにカークが力なく鳴く。食べないらしい。賢いカラスである。

「なんだか懐かしいなあ」

「あー、コータは実家が農家だって言ってたっけ？」

「うん。だから子供の頃、こういうのを手伝ってたんだ。兼業だったし、野菜なんかは自分たちで食べる用ぐらいだけど」

「そっか。……なあコータ、還《かえ》りたいって思わねえのか？　向こうには両親もいるんだろ？」

「なんでだろう、還りたいとはあんまり思わないんだよね」

「……ほんと、転生の時になんかイジられてんのかもな。名残惜しく思わないようにって」

「けど、連絡はしたい。たぶん、向こうでは死んだと思われてるから。手紙でも送れればいいんだけど……」

「すまねえ」

「アビーは、会えなくても手紙を送ってあげてね。無事だって伝えるだけでも」

「……ああ。な、なあ、ベルはどうなんだ？　故郷の村に家族がいるんだろ？」

「はい！　村づくりがひと段落したら報告に行こうと思います！」

「はは、じゃあがんばらないとね！」

暗い話題を吹き飛ばすように、ベルが明るく宣言する。まあベルは意図的ではなかったようだが。

空気読まない系の天然なので。

気持ちが切り替わったのか、コウタは種芋の植え込みを続ける。

悩む時間が短くなったのは【健康】のおかげか。

「こっちの畑は、これを植えてみようかなあ」

「おっ、試してみるもう一種類を決めたのか。どれにしたんだ？」

「これにしようかと思って」

「カ、カラス麦ですね！　痩せた土地でも実りやすいって、商人さんもオススメしてました！」

「カア？」

「カーク用の食べ物じゃないぞ。向こうと同じ品種ってこともないだろうしな」

「けどほら、俺はカークに救われたからさ。カラスの名前がついた植物を、験担《げんかつ》ぎにね」

「いいと思います！　僕もカークに助けられました！」

「ああそうだな、どれでもいいってんなら最初はそれがいいかもな」

「カ、カア」

「……こっちも食べないようにね？」

コウタが念押しすると、カークはふいっとそっぽを向いた。不安すぎる。賢くても食欲には勝てないのかもしれない。

コウタはそんなカークを見て微笑《ほほえ》んだ。聖人か。鳥害を知らないだけだ。

気を取り直して、コウタは芋を植えた横、小さな畑にパラパラとカラス麦をまいていく。

育つかどうかはわからない。

なにしろ二人に農業の経験はなく、知識もない。

コウタはお手伝い経験はあるが、この世界ではない。

いまが種まきに適した季節なのか、絶黒の森が適した土地なのかもわからない。

それでも、コウタとアビーとベルは、笑顔で種芋とカラス麦を植えていった。カラスは監視していた。

この地に、健康で穏やかな暮らしを送れる村をつくる。

三人と一羽は、目標に向かって着実に進んでいた。

遅いように見えるが、魔法やチートくさいスキルで、この世界からしたら高速で。


【5】


「今日はこっちを手伝ってもいいかな?」

「お、どうしたコータ?」

「畑は育つのを待つだけだし、まわりを耕そうにも、近くにいると気になっちゃって」

「あーなるほど。んじゃ今日は二人で建築に励むか！」

「うん、よろしくアビー」

コウタがつくったばかりの畑に種芋とカラス麦を植えた翌日。

今日は開墾ではなく、アビーを手伝うようだ。

植えてすぐ芽が出るわけでもないのに、畑のまわりをウロウロしてしまうからだろう。というか昨日の植え付け後はずっとそうだった。

ちなみにカークは昨日、カラス麦の畑の横でそわそわしていた。似た者同士か。人とカラスなのに。

別の場所で違う作業をすることで気を紛らわせるつもりらしい。

同じことを考えたのか、カークは朝早くから絶黒の森の見まわりに飛び立っていた。

「っても、オレは今日はシャワー小屋をつくる予定なんだ。目隠しは布で、床と排水は魔法で片付けちまうつもりで。コータはどうする？」

「じゃあ、俺は家をつくるよ！」

「ナイスアイデア！　そうだよな、いつまでも木のウロで暮らすわけにもいかねえもんな！」

「うん。あんまりこだわるつもりはないけどね」

「おう。その辺にある木はもう使って平気だからな。道具はあっちだ。まあ最低限しかないけどよ」

「ありがとうアビー！」

意気揚々とコウタが向かったのは精霊樹のふもと、アビーが整地した広場の奥だ。

そこにはコウタが伐採した木々が積まれている。

手前に取り分けられた材木は、すでにアビーが魔法で乾燥させていた。

どの木も、精霊樹からそれほど離れていないからか、黒く変色はしていない。

「さてっと。うーん、丸太のままじゃ使いづらいよなあ」

言って、コウタはナイフを手にした。

正確に言うと、「ナイフ状の鹿のツノ」だ。

アビーが空間魔法で切り落とした方の、ツノの先端である。

「平らな板にするのは難しいけど、ざっと切り落とすぐらいなら」

枝分かれしたツノよりも、作業にはこちらの方が向いていると思ったらしい。

木に当てて押し込むと、ナイフはすっと埋まった。

そのままズラしていく。

幹よりも短いため一度では切れず、反対側からもナイフを差し込んでいく。

と、丸太は縦に半分に切断された。

「よし!……ちょっとデコボコな気がするけど、よし」

コウタにＤＩＹ経験はない。

そもそも「自分の家をつくる」わりに設計図はない。心身の不調で動けなくなる前はマンション営業をしていたはずなのだが。専門知識はない。必要ない。つらい。

縦に割るなら斧《おの》もナタも、ノコギリもあるのだが、よほど「鹿のツノ」を信頼しているのか。

ともあれ、コウタは作業を続けた。

どんな家が出来上がるのかは神も知らない。コウタも知らない。

「シャワー場はあんな感じでいいだろ。コータ、そっちはどう……だ……？」

「おー、アビーは仕事が早いね」

「まあ簡単なヤツだからな。けど足が汚れないように平らな石を敷いて魔法で固めてタイル状に、ってそうじゃなくて！」

「え？」

「なあコータ、どうした？　顔に出ないだけで疲れてるのか？」

「いや、そんなことないけど」

きょとんとした顔で首をかしげるコウタ。二八歳男性がやったところでかわいくはない。

アビーは心配そうに、コウタと、背後の建物？　をチラチラ見やる。

コウタの背後。

ほぼ一日かけて、コウタがつくった「自分の家」。

それは――

「なんか犬ごや……ああ、わかった！　カーク用に鳥小屋をつくってやったんだな？　そっかそっか、なるほどなあ」

――精霊樹の根元につながる、いびつな「犬小屋のようなもの」であった。

高さはコウタの腰ほどで、横幅は二メートルもないだろう。

犬小屋は、中でコウタとカークが目覚めた木のウロにつながっていた。

「木のウロで寝てた時に思ったんだ、狭い空間は落ち着くって」

「お、おう」

「食事は外だし、雨風がしのげればいいかなあって」

「けど……いやいい。コータがいいんならいいんだ。人それぞれだもんな！　よーし、んじゃ雨水が入ってこないように小屋の前に溝をつくってやろう！」

「ありがとう、アビー」

「あとアレだ、屋根に布か葉っぱを重ねといた方がいいんじゃねえか？　精霊樹の下っていっても水滴は垂れてくるだろうしな！」

「おー、なるほど！」

忠告を受けて、コウタがぽんと手を叩く。

アビーが天を仰ぐ。

空から飛来するカラスが目に映る。

「おかえり、カーク」

「カアー！　カアッ、カア！」

飛んできたカークは、まっすぐにコウタが建てた小屋に向かった。

小屋の周辺をぴょんぴょん跳ねまわっては、興奮したように鳴き散らす。

「気に入った？　ウロともつながってるし、今日から広くなるよ」

「カアー！」

「ダメだ、カークも気に入ってる。うん。まあ、コータとカークがいいんならいいんだけどよ……

こりゃ早く建築の経験あるヤツ探さないとダメかもなあ」

「ただいま戻りました！　伐り倒してあった木はこれが最後で……どうしましたアビーさん？　頭が痛いんですか？」

コウタとカークが異世界で目覚めてからおよそ一ヶ月半。

一人と一羽は、すっかり異世界に馴染《なじ》んでいるようだ。あるいは、常識どころか文明を忘れたのか。

たしかに、コウタが目標とする「健康で穏やかな暮らし」には、「文化的」の単語がない。

三人と一羽ではじめた村づくりは、先が思いやられるばかりであった。

【6】

「おー、すごいね、まるでタイルみたいだ」

「だろ？　シャワー場で練習した甲斐《かい》があったってもんだ！　さすがに板張りはムズイからなあ」

コウタとカーク、アビー、ベルが精霊樹周辺の開拓をはじめてから一週間ほど。

土魔法で整地や水路づくりを終えたアビーは、自宅の建設に取り掛かっていた。

建設中のアビー宅を見て、コウタは目を丸くしている。

といっても家やその骨格ができたわけではない。

広場の横、土魔法でわずかにかさ上げされた土地にはまだ何も建っていない。

四方に一本ずつ丸太を置いて家のサイズを確認したあと、アビーは床をつくるべく奮闘していた。

木ではなく、切断した石片を平らに並べて粘土で間を埋めて、仕上げに土魔法で固める。タイル調の床である。

三人で使うトイレやアビー用のシャワー場と違って、こだわっているようだ。

「カァ？」

もっとも、カークにはこだわりが理解できないらしい。カラスなので。

ただし、床にこだわったわりに家の土台は適当だ。

転生する前、アビーは男子高校生だった。

こちらの世界では貴族として育った。

社会経験も家を建てた経験もなく、知識も偏っていたのだろう。

「けど問題は、壁や天井をどうするかなんだよなあ」

「雨風がしのげればいいいんじゃない？　俺の部屋は狭いけど落ち着くよ？」

「ああうん、それは何よりだ。何よりなんだけども。いずれなんとかしてやりたい」

アビーが精霊樹の根元をチラ見する。

そこには、いまコウタが暮らしている家があった。

粗く切断した木を並べて壁をつくった小さな小さな家だ。床は当然、土のままだ。

いちおう木の屋根はあるが、森から採ってきた葉っぱを上にのせている。

入り口も内部も、屈《かが》まなければ頭をぶつけることだろう。なんなら突き破るまである。

家というより「大きめの犬小屋」と言った方がいいかもしれない。

家主であるコウタとカークは満足しているようだが、アビーは不憫《ふびん》に思ったらしい。

かといって、アビーにもどうにもできない。なにしろ本人も、床はともかく、壁と天井はどうするか、と頭を悩ませているので。

なんなら土でつくっちまうか、と魔法による力技を検討するほどに。

転生者が揃っても、知識チートでなんでもできるとは限らないのだ。

「追加のクギを買ってきてもらうより、建築関係の本を買ってきてもらった方がよかったかもなあ。……ねえか。ここ異世界だもんな」

アビーが頭をかきむしる。革紐で一つに結んだ金髪が揺れる。

「近くの街にないなら、アビーの実家で用意してもらえばいいんじゃない？」

「違うんだコータ。たぶんだけど、家を建てるノウハウが書かれた本は存在しねえんだ。本が高級品だってのもあるけど、職人が技術を秘匿してるからな」

「ああ、そういう理由で『ない』のか」

「それもわかるんだけどなー。でも田舎なら村人総出で家を建てたりするわけで。人を連れてくればなんとかなるか？　けどそれでこの場所がバレたら」

「カアー」

うがー、と唸《うな》りながらのたうちまわるアビー。

カークは呆《あき》れたように鳴いている。

「精霊樹の存在を秘匿するのが第一だ。この場所を荒らされたくねえからな」

「うん、試行錯誤してやっていこう。木の加工が難しいなら、コンクリはどう？　石積みやレンガは？　塗り壁は？　木だって、ログハウスみたいに重ねていけば」

「カア!?」

「おー！　そっか、諦めんのはまだ早いよな！」

コウタの提案にカークが驚き羽ばたく。アビーはぽんと手を叩く。

青い目を笑みで細めたところで、止まった。

「なあコータ、その発想ができるんならなんでコータの家はあんな感じにしたんだ？」

「え？　とりあえず雨風をしのげればいいかなあって」

「そっかあ」

アビーが天を仰ぐ。

だが、コウタがふざけているわけではない。

コウタは単に「家のことで頭を悩ませたくなかった」のだ。

なにしろ、家の営業をして病んだので。

神から【健康】を授かっても、苦手意識は消えなかったようだ。

「よし、方針決めてさっさとつくり出して、ベルが帰ってきたら驚かせてやらねえとな！」

「俺も手伝うよ。できることがあればだけど……」

「さっきみたいなアイデア出してくれるだけでありがてえって！　よろしくなコータ！」

「カア！」

コウタの卑屈な発言を、アビーがからから笑って吹き飛ばす。

俺もいるぞというカークのアピールは意味がない。猫の手は借りられてもカラスの手は借りられない。ない。

ちなみに、ベルは鏖殺熊《ジェノサイド・グリズリー》を売り払った残りのお金を持って、ふたたび街に向かった。

買い出しと【運搬】である。

金策の目処は立っていなくとも、開拓に必要なものは無数にある。

そもそも生活に必要なものも無数にある。

今後、ベルは定期的に拠点と街を往復することになるだろう。

コウタとアビーは曲がりなりにも家をつくって、まだテスト段階だが農業をはじめた。

カークは絶黒の森を見まわり、ベルは人里との連係役となっている。

次はお金を稼ぐ策を模索することになるだろう。

貯金やスポンサーがいるなら別として、安定した収入は「健康で穏やかな暮らし」に何よりも必要なものである。世知辛い。

第五章 コウタ、ダンジョンを探索して古代魔法文明の生き残りアンデッドと遭遇する

【1】

「クルト、本当に辞めるのか？」

「ああ。この地では我のやりたい研究はできぬ」

「そうか……魔導の深淵《しんえん》を覗《のぞ》く者に、幸運あれ」

「覗かれていることを忘れることなかれ。其方《そのほう》にも幸運を」

インディジナ魔導国の中でも高名な研究所を、一人の男が歩き去る。

手には小型のカバンを提げて、身に巻きつけたマントをはためかせて。

見るものが見れば、男のマントは魔道具だとわかることだろう。それも、強力な防護の魔法が込められた逸品だと。

男はそのまま研究都市を出る。

大陸のほぼ全土を領土に収めた魔法大国の中でも、南部のこの街は研究者が多く暮らしていた。

大陸南部、西部のモンスター素材がたやすく手に入り、集まった同好の士と議論を交わし、時に共同で研究する。

そうして、街は「研究都市」と公式に呼ばれるほどになったのだ。

だが、どれほど「研究に向いた環境」であっても、男にとっては意味がなかった。

やりたいことは、この地ではできないゆえに。

街を出たところで、男は自らの魔導車に乗り込んだ。

自動操縦で、たいていの場所を走破できる最新タイプである。

「いまより一人、邪魔する者はいない」

ポツリとつぶやいて男は西に旅立つ。

向かうは大陸の西端。

男が発見した未開の地。

入り組んだ谷を越えた、小さな盆地。

そこが、クルト・スレイマンの新たな研究所である。

×××××

「ふむ……うまく作動せぬか……」

無事に盆地にたどり着いたクルトは、地下にこもって研究に明け暮れていた。

もちろん事前に準備してあった空間である。

もっとも、睡眠は硬いベッドで、食料は味気ない保存食だったが。

クルトは食にも睡眠にも関心がない。

興味があるのはただ一つ。

魔導の深淵である。

「この手で命を宿らせる。これでは、道のりははるか先か」

中でも、クルトは「生命の創造」に取り憑《つ》かれていた。

妄執に倫理観が歪《ゆが》み、研究都市においてもその研究を許されぬほどに。

魔法で栄えたインディジナ魔導国とはいえ、「生命は神が創り賜《たも》うたもの」とする宗教は存在するので。


まあ、生きた人間を粗末に扱うことはなかったし、非道な人体実験もしなかったようだが。

クルトがそうした性質《タチ》ならば自ら街を出るのではなく、追放されたことだろう。

「不確かな存在の神ではなく、我《われ》が命を創り出す。それができれば……」

失敗した実験の結果をガリガリと書き付ける。頭をかきむしる。

頰《ほお》はこけて、目の下にはひどいクマができている。

最後に寝たのは何日前のことか。

人里離れた地下研究室で、クルトは寝食を忘れて研究に打ち込んでいた。

だが——


「足りぬ。時間が足りぬ！」


——人間《ヒト》の命は有限だ。

生命の創造を目指したクルトは、くつがえせぬ生命の定めにもがいていた。

魔法が存在する世界においても、生命を創り出すことは困難らしい。

なにしろ神の所業への挑戦である。

魔法が発展したインディジナ魔導国でも、真剣に取り組んでいる研究者は数少ない。

ましてクルトが生命の創造に取り組んだのは、壮年と呼ばれるようになってからだ。

新進気鋭の天才研究者と名が売れていても、成し遂げるのは難しいだろう。

ちなみに、クルトがこのテーマに取り組みはじめた理由は単純だ。


「命を創り出せれば！　我の理想の女性を生み出せるものを！」


……不純すぎる動機であった。

本人はいたって真面目だが。

誰しも譲れないものはある。

時にそれは、周囲から理解されなくとも。

「こうなれば生命の創造の前に、我自身を……」

薄暗い地下研究室で独りつぶやくクルト。

机の上には新たな紙が置かれて、これまでとは異なる系統の魔法理論が書き込まれる。

それは神に、生命の定めに逆らう魔法——禁呪であった。

コウタたちが暮らす大陸において、「インディジナ魔導国」はすでに存在しない。

およそ二〇〇〇年前に滅びて、現代ではただ「古代魔法文明」と呼ばれている。

国名も、南部の都市群もすでに消え失せた。

生命の創造を目指して禁忌を犯した男、かつて栄えた古代魔法文明の魔導士はどこへ向かったのか。

理想の女性を創造できたのか。想像で終わったのか。

知る者はいない。


——いまも、なお。

【2】


「やった……俺、やったよ……」

「おめでとうございますコウタさん！」

「ありがとうベル。まだまだこれからだけど……」

「先のことはわからねえけど、いまは喜ぼうぜ！」

「うん、そうだねアビー」

コウタとカークが異世界で目覚めてから二ヶ月が過ぎた。

仕事の心労からニートになっていたコウタは、神から授かった【健康】で日々を健やかに過ごしている。

朝に目覚めて、午前のうちに活動して、午後も動いて、夜に寝る。

コウタはそんな、当たり前の生活を送れている。異世界なのに。大木と小さな湖しかない、人里離れた僻地なのに。

精霊樹から少し離れた場所に、この世界で当たり前に労働するコウタの成果が芽吹いていた。

文字通り芽吹いていた。

開墾して試験的に植えた芋とカラス麦が、芽を出したのだ。

当然だがどちらも異世界の品種であり、できるのは元の世界の芋やカラス麦とは異なるだろう。

「なんだろ、たいしたことじゃないのに感動する……」

「ははっ、誇れってコータ！　ここは死の谷《デスバレー》の先、瘴気《しょうき》渦巻く『絶黒の森』だ！　畑をつくって芽を出したってだけで帝立魔法研究所のヤツらは腰を抜かすぞ？」

四つん這《ば》いになったコウタの背中をアビーがポンと叩《たた》く。

アビー自身も地面にヒザをついている。

声をかけられても、コウタはしばらくうずくまっていた。

芽の成長を一瞬たりとも見逃したくないかのように。

二年ぶりの労働の成果を、噛《か》みしめるかのように。


「おっ、戻ってきたか。おかえりコータ」

「ごめん、ちょっとぼーっとしちゃってたみたいだ」

しばらく畑を眺めたのちに、ようやくコウタは動き出した。

自らが開墾した畑から離れて、精霊樹と小さな湖のそばに戻る。

先に戻った二人は、木皿によそったスープらしきものを飲んでいた。

コウタとカークがこの地で目覚め、アビーとベルも生活するようになってから、変わったのは畑だけではない。

湖のほとりも様変わりしていた。

コウタとカークが寝床にしていた精霊樹の根元、ウロの前には大きめの犬小屋が見える。

素人が日曜大工で作ったような犬小屋はコウタ作の自宅だ。

ウロとつながった中は狭いものの、案外落ち着くらしい。

新たな住居はカークのお気に入りだ。犬小屋ではなくカラス小屋か。

「ほら、朝メシできてるぞ」

アビーが魔法で整地した小さな広場の向こうには、つくりかけの家があった。

周囲より五〇センチほどかさ上げして、現在は家の基礎を建築中らしい。

「雨風をしのいで寝られればいい」コウタと違って、アビーは悪戦苦闘を続けていた。

前に床をタイル風にしてつくろうとした家は、建築中に壁が崩落してイチからやり直しになる。

丸太を重ねたログハウスに挑戦して、木がなだれを起こす。

魔法で土のかまくらをつくって「なんか違う」と首を捻《ひね》る。なお、かまくらは簡易倉庫に流用されることになった。

現在アビーは、絶黒の森から伐採してきた木材と、魔法で固めた石を使って石積みの家に挑戦していた。

木材で補強して、積んだ石も魔法で強化するつもりらしい。

完成の目処《めど》は立たない。

「お先にいただいてます！」

ベルはあいかわらず大岩で生活している。

幅五メートル、高さ五メートルほどの巨大な岩は中がくり抜かれて、狭いながらも横になれる空間はあるらしい。

大型トラックの仮眠スペースやフェリーの寝台で落ち着く性質《タチ》か。

森と大木と湖という景色の中に置かれた大岩は、やけに調和していた。

変化は「安定するように」と調整された地面だけだ。

コウタが開拓・伐採・開墾と農作業を担当し、アビーは魔法で木材の乾燥や整地、家づくりを進める。

ベルは片道およそ一週間かかる街まで往復して、生活と村づくりに必要なものを買い出しに行く。

三人の村づくりと生活は、慎《つつ》ましやかながらも軌道に乗りはじめていた。

そして。

「カアーッ!」

鳴き声を響かせて、一羽の黒いカラスが飛んでくる。

「おかえり、カーク。朝の見まわりご苦労さま」

カークである。

コウタの友達にして、この世界にともにやってきたカラスである。

なお、日本にいた時よりもひとまわりかふたまわり大きくなり、二本の足の間にもう一本の足が存在していた。

カークの担当は、絶黒の森の見まわりだ。

山に囲まれた狭い盆地をナワバリと見なしているのか、カークはことあるごとに哨戒していた。

といっても、山々に囲まれた盆地すべてを毎度見てまわれるわけではない。

今日は東方、翌日は西方と、だいたい方角を決めて飛行しているようだ。

帰ってきたカークがコウタの前の地面に着地する。

バッサバッサと羽を鳴らして飛び跳ねる。

しきりに鳴いてはコウタのズボンの裾をつまんでクイクイ引っ張る。

「カァ、カアー！」

「ん？　どうしたの？　なんか異常があったのかな？」

「カークがこんなに焦ってんのは珍しいな。コータ、見に行くぞ。完全武装でな」

「僕も行きます！　必要な荷物があったら言ってください、運びますよ！　僕は荷運び人《ポーター》ですから！」

「カアーッ！」

「わかった、すぐ出発するよ。案内を頼める？」

「カアッ！」

任せとけ！　とばかりにカークが鳴いて飛び立った。

精霊樹の枝に止まって人間たちの身支度を待つ。

コウタが絶黒の森で生活をはじめておよそ二ヶ月。

心の傷を癒やすリハビリのような穏やかな日々は、終わりを迎えようとしていた。

コウタとアビー、ベルは「絶黒の森」南側の探索をはじめる。

カーク――三本足のカラスに導かれて。

「カアー、カアー」

「こっちは初めて来たなあ」

「油断するなよコータ、不意を突かれたらどんな強者だって雑魚モンスに怪我《けが》させられ……ねえか。コータは【健康LV．ｅｘ】だもんな」

「なんだか不気味なところですねえ」

「その感想ですむ荷運び人《ポーター》ってなんなんだろうな。この辺、瘴気がめっちゃ濃くなっててしんどいはずなんだけど」


慌てた様子で飛んできたカークに導かれて、コウタとアビー、ベルは絶黒の森を進む。

精霊樹と小さな湖の南側は、初めて足を踏み入れたエリアだ。

だが、三人が迷うことはない。

アビーいわく、【導き手】というスキルを持つ三本足のカラス――カーク――が先導しているので。

「黒い木がねじれてる？　なんか、地面も黒いせいか暗く感じるような……」

「ああ。死の谷《デスバレー》につながる東側よりも瘴気が濃いせいだな。オレもここまで濃いのは初めて見たぞ。カークは何を見つけたのやら」

「カァー」

「はは、平気だよカーク。言葉で教えられなくても案内してくれるだけで充分だって」

「カァ？」

「ほんとほんと。それで、まだ遠い？　だったら一回休憩してお昼でも――」

「カアー、カァッ！」

コウタたちが精霊樹のふもとを出てからおよそ三時間が経《た》つ。

まるで、コウタの言葉を聞いたカークは、止まっていた枝からスッと飛び立った。

まるで、「もうすぐそこだ」とでも言うかのごとく。

ところで、コウタとカークの会話は成り立っているように思える。

コウタはカラス語を、カークは人語を話せなくとも、それぞれのスキル【言語理解】で言いたいことはなんとなくわかるらしい。

「やっぱ瘴気が濃い方に行くのか。こりゃあもしかしたら……」

「わっ！　何か知ってるんですかアビーさん!?」

「予想はつくけどな。まあもう近いらしいんだ、行ってみようぜ」

「はい！」

カーク、続いて柄《つか》までむき身の鹿ツノ剣を手にしたコウタ、そのあとを革紐《かわひも》で髪を束ねて杖《つえ》を手にしたアビーが歩いていく。

最後尾のベルの背に、いつもの大岩はない。

わずかな荷物を載せた背負子《しょいこ》を【運搬】するのみだ。

姿だけなら普通の「荷運び人《ポーター》」だ。

もっとも、ここは絶黒の森で、濃密な瘴気で常人は立ち入ることもできない場所なのだが。

「ガァー、ガアッ！」

飛び立ったカークを追うことさらに一五分。

一行は目的地に到着した。

高らかに鳴くカークに教えられるまでもない。

そこは明らかに、周囲の森と隔絶した雰囲気だった。

うっすらかかった黒いモヤが陽光を遮ってあたりは薄暗い。

コウタたちの横にある黒い木々はねじれ、曲がり、まっすぐ生えている木は一つもない。

けれど、カークが見せたかったのはこの奇怪な光景ではないらしい。

カークは、その先でカァカァと鳴いていた。

地面に散らばる何体もの白骨の一つに、三本の足ですっくと立って。

カークは、白骨が転がる開けた場所の先、ゴツゴツした岩場の下の亀裂に目を向けていた。

黒いモヤはそこから噴き出しているようだ。

「これは……？」

「黒いモヤがかかって目に見えるほど濃密な瘴気。なるほど、カークが確認させたがるわけだ」

「カァー」

「木がねじれて曲がってます！　これじゃあ一〇〇本も運べないなあ」

「単位がおかしい。曲がってなくても一〇〇本は運べないだろ普通」

「その、アビー。瘴気が濃くて木が曲がってるのはいいけど、いやよくないけど……あの白いのは？　もしかして」

「白骨、だな。なんの白骨か、ここからじゃわかんねえけど」

「【運搬】しますか？　アレなら【解体】しなくても持って帰れます！」

「ええ……？　骨を持って帰る……？　あ、弔うために」

「違えぞコータ。ほかの場所じゃそういうこともあるけどな、ここは人里離れた『絶黒の森』だ。人間の白骨がこんなにたくさんあるわけねえ」

「じゃあ、これは？」

「決まってる。骨の奥にあるあの穴が、ダ、ダ、ダンジョン、ダンジョンなんだよ」

アビーがすっと亀裂を指差す。

奥は暗く、外からでは中をうかがいしれない。

コウタの頬をツウッと汗が流れ落ちる。

「ダ、ダンジョン。それも、暗くて、入り口のとこに白骨が転がるような」

「そうだ。けど、瘴気の濃さを別にすりゃこれぐらい普通だぞ？」

「そうなんですか？　勇者さまの荷物を運んだダンジョンは、海が近くて半分ぐらい沈んでました！」

「またしんどいタイプのダンジョンに行ったもんだ。まあこのタイプも、人によっちゃしんどいだろうけど」

「え？　中に入ってないのに何かわかるの？」

「そりゃもちろん。なんせ、ダンジョン入り口にこれだけヒントが転がってるからな。文字通り」

そう言って、アビーは亀裂の前の開けた場所に足を踏み出した。

見落としたのか、踏んでしまった白骨がブーツの下でパキッと音を立てる。

気にしてられないとアビーはずんずん進み、カークのそばまでたどり着いた。

地面から何やら拾い上げる。

ひょいっとコウタに放《ほう》る。

お手玉しながらも、コウタは小さな何かをキャッチした。

「わっ!? あれ、骨じゃない? アビー、この小石は?」

「この世界の人やモンスターの体内に存在する、『魔石』ってヤツだ」

「へえ、魔石。体内に。俺やカークにもあるのかなあ」

「カァ?」

「人が立ち入らない場所にある、瘴気に満ち満ちたダンジョン。入り口には人型の白骨が転がってどれも同じようなサイズのクズ魔石だ」

地面に転がるいくつかの魔石を調べてアビーが言う。

「この白骨は、人間じゃなくてスケルトンのだ。獣型も混じってるようだけどよ」

「はあ、スケルトン。骨でできたモンスターで、アンデッド系統なんだっけ? 前にアビーに教わったのは、お墓や野ざらしになった死体がスケルトンになったり、あとは……あっ」

「そうだコータ。スケルトンが発生する原因は二パターンある。瘴気や魔力で白骨死体が動き出すのと――」

アビーは、斜めに口を開ける亀裂を指差した。

「アンデッド系のダンジョンで、自然発生するパターンだ」

「カークが連れてきたかったのはここかあ。ダンジョンを見つけたから」

「カアッ！」

「みたいだな。それにしても白骨の上に立ってんの似合うなカーク」

「そうしてるとモンスターの大鴉《レイブン》みたいですね！　アレは足が二本ですけど！」

生活している場所のすぐ近くにダンジョンが発見された。

にもかかわらず、アビーとベルの動揺は少ない。『逸脱賢者』にとっても『勇者に追放されたポーター』にとっても、ダンジョンは恐れるものではないのだろう。わかっていないコウタは別として。

「ダンジョン、かあ」

「どうするコータ？　入らねえって手もあるけど」

「……入って、中を調べてみようと思う。拠点から近いから、危険があったらマズいと思うんだ」

「うん、いいと思うぞ。あんまり心配すんなコータ、オレもベルもダンジョン踏破経験者だし、そもそもコータには【健康】があるだろ？」

「カアーッ！」

「コウタさん、カークもやる気みたいですよ！」

二人と一羽は、このままダンジョンに突入するつもりらしい。

三対の目がコウタに向けられて。

コウタはぐっと拳を握って、頷《うなず》いた。

「うん、行こう。大丈夫、大丈夫だ。俺は【健康】で傷つかないんだから」

じゃっかん声が震えている。

狭い空間は落ち着くものの、狭そうなダンジョンはダメなのか。

あるいはアンデッド、怖いものが苦手なのか。

ひょっとしたら、「自分から戦いに臨む」ことに緊張しているのかもしれない。

なにしろ異世界に来てからも、戦ったのは襲われた時だけだったので。

コウタが絶黒の森で生活をはじめておよそ二ヶ月。

三人と一羽は、拠点の南で見つけたダンジョンに挑む。

コウタ、異世界二ヶ月目にして初めての冒険である。なんなら二八歳にして初の冒険である。

カークは毎日が冒険だ。カラスなので。


「カァ」

「入り口より少し奥に入った方が明るい……苔《こけ》が光ってる？」

「ダンジョン苔《モス》だな。周囲の魔力を吸収して発光してるんだ。ここがダンジョンである証《あかし》でもある」

「アビーさんは物知りですね！」

「はっ、オレは『逸脱賢者』だぞ？　帝国にいた頃は研究のためにちょいちょい潜ってたしな！」

三人と一羽のダンジョン探索、先頭を行くのはカラスのカークだ。

斥候のつもりなのか、あるいはコウタたちを導いているのか。カラスの意図はわからない。

人間の中で先頭を行くのはコウタだ。

アビーやベルが怪我するよりはと、恐怖心を押し殺して自ら志願しての立ち位置だ。

戦闘経験はないものの、コウタには女神から授かったスキル【健康】がある。

絶望の鹿《ホープレス・ディア》の突進にも、鏖殺熊《ジェノサイド・グリズリー》の攻撃でも無傷だった、実績付きの前衛である。

コウタのあとをアビーが続く。

時おり立ち止まって魔力を探り、サラサラと地図化《マッピング》をこなしている。有能か。

かつてアウストラ帝国で逸脱賢者と呼ばれていたアビーは、ダンジョンに潜ったことも踏破したこともあるらしい。

最後尾をベルが歩いていた。

今日は背負子のみで大岩はなく、準備してきた三人分の荷物とダンジョン前で拾った魔石を載せている。

まるで普通の荷運び人《ポーター》のようだ。

最後尾で、笑みを浮かべながらキョロキョロとダンジョンを見まわしている。余裕か。

ダンジョンに入ってから一〇分ほど、これまで罠《わな》もモンスターもなかった。

自然にできた洞窟《どうくつ》だと思えたのは最初だけだ。

いまではダンジョン苔《モス》がうっすらと光を放ち、ところどころ石造りの壁が散見される。

「なんか感じが変わったね」

「ああ。誰かの手が入ってんのか、それとも遺跡か。いずれにせよ、人工物がダンジョン化したっぽいな」

「ガッ、ガアッ！」

呑気《のんき》に壁を観察するコウタとアビーに、カークが警告する。

二人が黙ると、曲がり角の先から音が聞こえてきた。

「カチャカチャ鳴ってるからな、たぶんスケルトンだろ。どうするコータ、オレがやるか？」

「いいよ、アビー。俺も慣れておかないと」

「見上げた心意気だ。絶望の鹿《ホープレス・ディア》にも鏖殺熊《ジェノサイド・グリズリー》にも勝ってんだ、コウタなら問題ねえよ。気張らずにな」

「うん、ありがとう。それに」

言いかけたところで、音の発生源が姿を現す。

人型の、動く白骨死体。

アビーの予想通り、スケルトンである。

どこから入手したのか、錆《さび》だらけの剣を手にしている。

ゆっくりと近づいてくるスケルトンに向けて、コウタが左手をかざした。

「自然発生した、命のない骸骨なら、倒すのに抵抗はないから」

スケルトンの胸骨を左手で止める。

錆《さ》びた剣がコウタに当たるも、傷一つつかない。痛みもない。

モンスターの攻撃に動揺することなく、コウタが右手の鹿ツノ剣を振った。

剣筋も何もないひと振りで、スケルトンはバラバラと崩れ落ちた。

「ヒュー！　普通の剣士は関節を狙ってバラすのに、一刀両断か！」

「すごいですコウタさん！」

「カァー！」

「いやあ、俺じゃなくて、女神様からもらったスキルと、鹿がくれたこの剣？　ツノ？　がすごいんだって」

「はっ、素直に褒められとけって！　さーて、対処できるってわかったところでサクサク探索しますか！」

「アビーさん、魔石と剣は持って帰りますか？　普通のスケルトンですから骨は素材にならなそうです」

「おう、頼むベル。いやあ、荷運び人《ポーター》がいると助かるねえ」

「えへへ」

「カアー」

ダンジョン初戦闘を危なげなく終えて、三人の空気は明るい。

我関せずとばかりに、カークはダンジョン苔《モス》のほのかな明かりを反射した小さな魔石をつつく。

光りものに弱いらしい。賢くともしょせんカラスである。

「剣は錆を落とせば使えそうだけど……この魔石？はどうするの？」

「ああ、コータは知らねえか。魔石は魔道具の燃料になるからな、売れるんだよ。ま、こんだけ小さいとたいした額じゃねえけどな」

「へえ、そうなんだ」

「おう。この調子でちゃちゃっとモンスター倒して、デカめの魔石をゲットしますか！」

「カアッ！」

賛成！　とばかりにカークが鳴く。くわえたクズ魔石がぽろっと落ちる。光りものに弱くとも、より大きい方が好みらしい。カラス。

カークが落とした魔石はベルが拾って小袋に入れた。働き者である。荷運びに関しては。

そんな二人と一羽を前に、コウタは顎《あご》に手を当てて何やら考え込んでいた。

「アビー、このダンジョンにはスケルトンが自然発生するんだよね？」

「ああ、たぶんな。入り口のまわりといま倒したヤツを考えたらまず間違いねえだろ」

「それで、スケルトンから採れる魔石は売れる」

「強さに応じて値段は違うけどな。小さくても売れることは間違いねえ」

「これ、俺たちの資金源になるんじゃない？」

「……たしかに」

「カァ？」

「ただ、この大きさだとほんとはした金、はした金なんだよなあ。こう、鏖殺熊《ジェノサイド・グリズリー》みたいに強いモンスターを倒して一攫千金《いっかくせんきん》！　にはほど遠いぞ？」

「はした金でもいまはありがたいよ。コツコツ集めればいいんだし」

「そうだな、伐採も開墾も、コータは同じことを繰り返すのが苦じゃねえ性質《タチ》だっけ。あーけど、それなりの数になったら量が」

「運搬は任せてください！」

「そうだ、オレたちには尋常じゃない運搬量のベルもいる。なら……」

「僕が行った街の商人さんも、『また魔石が取れたらぜひ売ってください』って言ってました！」

「おー、最寄りの街に売り先もあるんだ」

「それはたぶん鏖殺熊《ジェノサイド・グリズリー》クラスを期待してのことだろうけどな？　まあ買い取りしてるってての

に間違いはねえか」

本来、ダンジョン探索は命がけだ。

一攫千金を夢見た冒険者は、ダンジョンで簡単にその命を散らす。

冒険者になる！　と言い出した子供を、親は必死で止めるものだ。

だが。

「イケそうだね！　よしよし、よし！」

「だな！　もし雑魚スケルトンしかいなかったとしても、大量に集めりゃ生活できる！　よっしゃ、資金源ゲットだぜ！」

「カアー！」

異世界の常識を知らないコウタとカークと、常識から外れて『逸脱賢者』と呼ばれたアビーと、常識がおかしい村で育ったベルは、ダンジョンを単なる『資金源』だと認識した。

このパーティに常識人はいない。

「よーし、そうと決まりゃあ、調査ついでにちょっと深いとこまで潜ってみますか！」

アンデッド系と思《おぼ》しきダンジョンに、おー！　と活力に満ちた声が響く。余裕か。

アウストラ帝国やコーエン王国の冒険者が見たらぎょっとすることだろう。あるいは悔し涙を流すか。

お金を稼ぐという目的も定まって、一行はダンジョンの探索を再開した。

モチベーション高く、テンションも高く。

「カアッ！」

「カーク、どうかした？」

「この鳴き方、また罠を見つけたんじゃねえか？」

「カークはすごいですね！」

「ほんと、ありがとねカーク」

「カ、カァ」

「この造りからするとモンスターハウスかねえ。どうするコータ？」

「ここまでみんな怪我ひとつないから……行こうと思う」

絶黒の森の南部で見つけたダンジョン探索は順調だ。

【導き手】のカークが斥候役として先頭を行き、敵の発見と罠の探知を担当する。

攻撃を受けても怪我ひとつしない【健康】なコウタが壁役を務める。

【魔導の極み】を持つ『逸脱賢者』アビーは、地図化《マッピング》や攻撃、時には防御と、パーティの足りないところを埋める。

最後尾のベルは荷運び人《ポーター》として、倒したモンスターを【解体】して、売れそうな素材を【運搬】する。

三人と一羽はうまく役割分担して、順調にダンジョンを攻略していた。

ダンジョン突入から約四時間、アビーによると現在は「地下三階層」らしい。

これまで一人も負傷していない。

というか、コウタ以外は攻撃を受けてもいない。

モンスターが大量に出現する「モンスターハウス」の罠を前に、いつもは弱気なコウタが突入を選ぶのも当然かもしれない。

コウタが近づくと、扉が横にスライドする。

小部屋にはみっしりとアンデッドがうごめいていた。

生者に反応して、骸骨が、ゾンビが、ゴーストが出入り口を睨《にら》みつける。

「おーおー、うじゃうじゃいるわ。剣盾持ちのスケルトンにスケルトンメイジ、ゴースト、ゾンビにグールーもいるか？　コウタ、扉以外は気にしなくていいぞ」

「え？　でも魔法が飛んでくるんじゃ。それにゴーストはさっき壁をすり抜けて」

「同じ失敗は二度しねえって！　『魔力障壁』で遠距離攻撃や通り抜けを防いでやる！」

「アビーさんはすごいですねえ」

「うぇへへへ、オレは『逸脱賢者』だからな！　ベルはのんびり観戦してるといい、終わってからがベルの仕事だ！」

「はい、任せてください！」

「来た！　みんな、俺の後ろに！」

おびただしい数のアンデッドを前に、一行は呑気に作戦を立てる。

罠に踏み込む前に決めておけばいいものを。余裕か。

幅二メートル弱の出入り口の前にいるコウタは、右手の鹿ツノ剣ごと両手を広げた。

何者も通さない、とばかりに。

攻撃は仲間に任せて、敵をその場に止《とど》めるつもりらしい。

決死の覚悟、ではない。

「う、うわあ……大丈夫ですかコウタさん？」

「あっうん。迫力すごいし怖いけど、痛くないんだ」

広げた腕を剣で叩かれ、無防備な体を盾で殴られ、足を斬りつけられる。

眼窩《がんか》に青い火を灯《とも》したアンデッドに囲まれてタコ殴りにされても、コウタにダメージはない。

怪我をしたら【健康】とは言えないだろう。

「さすが【健康ＬＶ．ｅｘ】、ほんとチートくさいよなあ。うし、『魔力障壁』は張ったぞ。オレも攻撃を――」

「カァーッ！」

アビーが言いかけたところで、狭いダンジョンに勇ましい鳴き声が響く。

三本足のカラス、カークだ。

コウタの頭の上をカークが飛んでいく。

うごめくアンデッドの集団に向かって。

「え!?　危ないカーク！」

「カアッ！」

コウタが目を丸くする。

戦闘中によそ見するな、とばかりにスケルトンの攻撃が激しくなる。

コウタの眼前で、カークは三本目の足から炎を噴き出した。

アンデッドの群れがぎょっとする。目はないが、雰囲気で。

噴き出した炎をカークがまとう。

「………え？　危な、え？」

コウタはぽかんと口を開ける。

スケルトンも炎をまとったカラスを目で追う。眼球はない。

三本足のカラス――カークは、炎をまとってアンデッドの群れに突っ込んだ。

まるで「炎の化身」のように。

狭い小部屋を縦横無尽に飛びまわる。

炎に触れたスケルトンもゾンビもグールーもゴーストも崩れ落ちていく。

蹂躙《じゅうりん》である。

コウタが驚くのも当然だろう。

いかに賢くとも、カラスはカラスなはずなのに。

「えっと……アビー、これって？」

「魔力の動きを感じる。魔法、だろうなあ」

「へえ、カラスってすごい魔法が使えるんだなあ」

「納得すんなコータ！　普通のカラスは使えねえよ！」

「でもアビーさん、大鴉《レイブン》は魔法を使えるって聞きました！」

「そりゃモンスターだからな！　カークは日本生まれのカラスで、あ、けどこっちで生まれ直してるからコータと同じで特別な体か」

「おおー。じゃあカラスじゃなくてカークがすごいんだ」

「そうだなあ。そういえばカークは【陽魔法《ひ》】スキル持ちだったもんなあ。アンデッドに効くわけだ」

三人の人間は、カラスの蹂躙劇を眺めるばかりだ。

コウタだけは両手を広げて最前列の装備付きスケルトンを押しとどめていたが。

思い出したように、アビーが魔法を使ってスケルトンを倒す。

この程度のモンスターなら、『逸脱賢者』は片手間で倒せるらしい。

スケルトンはあんまりだ、とでも言うかのように手を伸ばして崩れていった。

この異世界の一般的な冒険者や兵士なら苦戦必至の「モンスターハウス」は、ものの五分で一掃された。

「カァー！」

「うんうん、すごかったよカーク。これからもよろしくね」

「はあ。よし、考えるのはやめだやめ。ラクに稼げるんだから問題ねえ。問題ねえんだ。モンスターハウスをクリアするより片付けの方が時間かかりそうだなあ」

「僕の出番ですね！【解体】！【解体】！」

「あ、うん。そっちも時間かからねえのか。理不尽すぎる。『逸脱賢者』なのにオレが一番役に立ってない気がする」

「け、けどアビーはマッピングしてくれて、おかげで迷わないですんでるから」

「マッピングねえ。【導き手】がいるなら必要ねえ気もするんだよなあ」

「カア？」

「で、でもアビーは知識で役に立ってくれてるし！　ほらこの部屋！　扉もそうだけど、いままでとはちょっと雰囲気違うような！」

「そうだなあ、この階層から明らかに人の手が入った造りになってる。地下施設がダンジョンになって洞窟とつながったか？　逆に洞窟型ダンジョンが地下施設につながったって可能性も……」

「終わりました！　もう出発できます！」

「早すぎるだろベル！　なんでこんな役に立つのに追放したんだ勇者パーティ！　男か、男だったからかハーレム勇者め！」

「『役に立つ』、えへへ……」

「カァー」

アビーがブツブツと考え出したところで、ベルの【解体】と荷造りは終わったらしい。

アンデッドの魔石、それに使えそうな装備を束ねて背負子にくくりつける。

およそ四時間の探索で、背負子には小柄なベルの身長以上の荷物が載せられていた。

一品一品は安くとも、三人と一羽の生活費は軽く賄えることだろう。

危険なダンジョンのはずなのにのどかな会話に、カークは呆《あき》れたように鳴いた。

「もうちょっと進んで、キリのいいところで今日は帰ろうか」

「あーうん、ファーストアタックだしいきなりダンジョン泊はつらいだろうからな。ただ――」

「カァ？」

「瘴気と魔力の流れに濃度、それに構造の変化。その辺から考えると、最深部はそう遠くないと思うぞ。なんなら踏破しちまうか？」

「わっ、最初の挑戦で攻略ってまるで勇者さまみたいです！」

「ハーレム勇者と一緒にされんのは複雑なところだな。会ったことねえけど」

「んー、様子を見ながらでいいんじゃないかな？　それに、踏破したらアンデッドが自然発生しなくなってお金を稼げなくなる可能性も」

「たしかに。ま、とにかく行ってみようぜ。人工物っぽいってことは、ここに何かのヒントが残ってるかもしれねえし」

アビーの提案を受けて、一行は先に進むことを決めた。

危険なはずのダンジョンなのに、もはや一行はお金を稼ぐ場としての扱いだ。鉱山か。

コウタとカーク、異世界で初めての冒険は、まだ続くようだ。

危険が少なすぎて冒険かどうかはすでに怪しいが、それはそれとして。


「なんだろ、学校っぽい？　それもホラー映画に出てきそうな廃校」

「直線の廊下、片側にだけ存在する小部屋。けど、壁は無機質で貼り紙もない。学校より研究所っぽくねえか？」

「カァ！」

ダンジョン探索をはじめてから六時間ほど。

一行は、アビーいわく「第五階層」までたどり着いた。

この階層から、ダンジョンはまた様相を変える。

岩の壁やダンジョン苔《モス》といった植物は影を潜め、壁も床も材質不明の素材となっていた。

曲線はなく、きっちりした直線だ。

ただし、魔力も瘴気も濃度を増して、空間に黒いモヤがかかって見通しは悪い。

時おり現れるモンスターは、あいかわらずアンデッドだらけだった。ホラー映画っぽい、というコウタの意見も頷ける。

ところでカークは学校や研究所を知ってるのか。カラスなのに。

「研究所かあ。たしかに、そっちの方が似てるかも」

「やっぱりここは古代魔法文明の遺跡なのでしょうか？」

「たぶんな。ま、もうすぐわかるだろ」

アビーが道の先を示す。

空間に漂う黒いモヤの先、通路の奥。

そこに、両開きの扉が存在していた。

左右に道はない。

斥候役を務めてきた【導き手】のカークは、すでに先行をやめてコウタの肩に止まっている。

通路途中の小部屋に、ほかに通路がないことは確認済みだ。

つまり。

「あそこが、ダンジョンの最深部だ。行ってみりゃ何かわかるだろ」

「最深部……じゃあ、ボスがいる可能性も？」

「この感じだといるだろうなあ。ダンジョンモンスターはアンデッドだらけだったし、たぶんアンデッド系統の」

「カァ?」

「そうだなカーク。どうするコータ?」

「行ってみよう。ここまで、みんな怪我もないし、危ないこともなかったから」

「よっしゃ！　んじゃダンジョンボスを殺《や》って踏破してやりますかね！」

「カァー！」

「でもアビーさん、カーク、殺ったら稼げなくなるかもしれませんよ?」

「中を確かめて、アレだったら戻ろう。ボスとの戦いでも逃げられないわけじゃないんでしょ?」

「ああ、問題なく逃げられるぞ。殿《しんがり》は決死なもんだけど、オレたちには【健康】なコータがいるしな」

「うん、その時は俺が食い止めるよ」

「頼りにしてるぜ！　ま、ひょっとしたらさらに下につながってるかもしれねえけどな！」

話しているうちに、三人と一羽はダンジョン最後の扉の前にたどり着いた。

一度立ち止まってたがいに目を合わす。

それぞれ頷いて——


「じゃあ、行くよ。みんなは俺のうしろに」

「おう、頼んだぞコータ！　わかりづれえヤツだったら【鑑定】するからな、そん時はしばらく耐えてくれ！」

「カアッ！」

「みなさん、がんばってください！」

――コウタが、扉を押し開けた。

侵入する。

薄暗い空間に、ボッボッと青白い明かりが灯されていく。

部屋は広い。

二〇メートルほどの円形で、天井はドーム状になっている。

床はこれまで同様に平らで硬質な素材だが、壁や天井はゴツゴツした石で自然のままだ。

どこから生えてきたのか、ところどころに木の根が露出している。

「……誰もいない？」

「油断すんなよコータ。奥になんかあるぞ。寝台？　手術台？」

「おどろおどろしくて、なんだか『生贄《いけにえ》の祭壇』みたいですね！」

「カァー」

無邪気なベルの発言に、カークが力なく鳴く。縁起でもない、と言いたいのか。カラスはわりと「縁起が悪い」象徴だったりもするのだが。

ドーム型の空間の奥には、人が横たわれる石の台があった。

横には幾何学模様が彫り込まれている。

「彫刻？　いや、単なる彫刻じゃねえな。古代魔法文明の遺跡でときどき見かける魔術紋、それにしても複雑すぎる」

奥を観察しながらブツブツ言うアビー。

最前列でキョロキョロするコウタ。

ベルはアビーの背後から顔を出して祭壇を眺め、カークはじっと一点を見つめている。

「気をつけろみんな。コレを描いたヤツがダンジョンボスなら、そうとうな魔法の使い手だぞ」

「ほう、理解できる者がいるのか。興味深い」

祭壇の向こう側から、不意に声がした。

薄暗いといえど、誰もいないはずなのに。


「カアッ!」

「これはこれは。【陽魔法】とは、稀少《きしょう》な魔法の使い手はどのような者……は? カラス?」

カークがひと鳴きすると、声がした場所にぼんやりと姿が浮かんだ。

半透明の存在は次第に濃度を増して実体化する。

身に巻きつけたボロボロのマント。

破れた箇所からは体が見える。黒い骨の体が。

足先はなくふよふよと宙に浮いて、頭はむき出しのドクロだ。

眼球のない眼窩には黒色の炎が灯っていた。

チカチカ瞬《またた》いているのは驚きのせいか。

ネックレスや指輪には祭壇にあったのと似たような彫金が施されている。

「スケルトンの魔法使い? えーっと、リッチって言うんだっけ?」

「りっち、ですか?」

「コータ、こっちではこのクラスの魔法タイプのアンデッドは『ワイトキング』って呼ぶんだ」

出現したアンデッド——ダンジョンボスを前に、コウタたちに焦りはない。

ワイトキングにも焦りはない。

「ふははっ、我《われ》が『ワイトキング』か。よかろう、ならば死者の王らしく死者を使役してくれよう！」

すっと手をかざす。

骨の指にはめられた指輪が暗褐色にきらめく。

と、ドーム状の空間の半分ほどに、光る魔法陣が広がった。

ずぶずぶと無数のモンスターが浮き上がってくる。

「さあ、我の研究所に無断侵入した者どもを殺せ！　スケルトンナイトよ！」

全身甲冑《かっちゅう》に身を包み、禍々《まがまが》しい剣と大盾を手にしたスケルトンナイトである。

次々と現れて、広間は武装した黒い骨の軍勢に半ば埋め尽くされた。

「す、すごい数……俺、守り切れるかな」

「心配すんなコータ、オレが『魔力障壁』でモンスターを誘導してやる！」

「カアーッ！」

「くはっ、いかに【陽魔法】が命なき者に効果的だといえど、この数では倒し切れなかろうて！」

意気込んで炎をまとったカークを嘲笑《あざわら》うワイトキング。

スケルトンナイトは盾を揃《そろ》え、密集隊形で前進する。

いかにコウタが【健康】だろうと、数の暴力に飲み込まれてアビーやベルに危害が加えられかねない。

逃げようか、と迷ったところで、コウタはふと気づいた。

「命なき者……。ねえベル」

「なんですか？　あの、僕は荷運び人《ポーター》だから戦えなくて」

「コータ、あとにしろ！　ベル、いざとなったら荷をバラまいて追撃を妨害してもらうからな！」

「『死んだモンスターは解体できる』って言ってたよね？」

「はい！　僕は荷運び人《ポーター》ですから！」

「…………アンデッドって、死んでない？」

「あっ」

「いやいやいやそれはないだろコータ、そりゃ死んでるけどよ、あの超スピードで【解体】できるならベルは対アンデッド最強兵器じゃねえか」

「戦うんじゃなくて、死んだモンスターを【解体】してほしいんだ。どうかな？」

「イケそうな気がします！」

「イケるのかよ！　ああああ！　どうなってんのスキル！　どうなってんのこの世界！」

「カァー」

アビーが叫ぶ。

カークが慰める。

ベルが前に出て、コウタに並んでナイフを手にする。

「ふっ、世迷いごとを。そのような浅知恵で我が軍勢が――」

ワイトキングがコウタのとんちを嘲笑《あざわら》い。

「いきます！　【解体】！　【解体】！　【解体】！」

ベルが、ナイフを振るった。

常人の目には見えないほどの超速で。

スケルトンナイトに捉えられることもなく、死んでいるモンスターを【解体】していく。

アンデッドの軍勢が、ガラガラと鎧《よろい》ごと崩れていく。

「——は？　な、なんと？　そのようなことがあり得るのか？」

ワイトキングの目が見開かれた。目はない。

顎が落ちそうなほど大口を開けた。顎骨《あごぼね》はある。

コウタたちのダンジョン攻略、ボス戦を、理不尽が蹂躙する。

「ふ、ふん！　ならばスケルトン以外を喚《よ》び出すまで！　来たれ我が軍勢よ！」

ベルにスケルトンナイトの軍勢を【解体】されたダンジョンボス——ワイトキングが手をかざした。

ふたたび魔法陣が輝く。

現れたのは、全身甲冑をまとったモンスターの群れだった。

禍々しい鎧の隙間《すきま》からは闇色のモヤが漏れている。

何体かのモンスターは首から上がなく、兜《かぶと》を小脇に抱えている。

「また鎧姿のモンスターの群れか。アビー、あれは？」

「リビングアーマーとデュラハンだな。ナイトメアなしのデュラハンなら、ぜんぶアンデッド系統だ」

「え？　リビングアーマーって、生きた鎧ってことじゃ」

「生きた鎧に見えるけど、アレは鎧に取り付いたアンデッドが本体だ。ゴースト系統が憑依《ひょうい》してんだよ」

「じゃあもしかして……」

「ああ、どっちもアンデッド。つまり、死んでるモンスターだな」

「………どうかな、ベル？」

「イケそうな気がします！」

スケルトンナイトを【解体】して武器や鎧、魔石や骨をまとめて荷造りしていたベルが立ち上がる。


迷うことなくアンデッドの群れに近づく。

すでに死んでるモンスターに、ためらうことなく向かっていく。

「いきます！　【解体】！　【解体】！　【解体】！」

ベルがナイフを振るうたびにデュラハンが、リビングアーマーが崩れ落ちる。

複数現れれば街が危機に陥るほどのモンスターなのに瞬殺されていく。

スキル【解体】。

アビーが開発中の『鑑定魔法』で診断した「LV．ex」ともなれば、理不尽な効力を発揮するらしい。

なにしろ、怪我も病気もしないコウタの【健康】と同じレベルなのだ。

「お、おおおお、なんだこの現象は！　我が軍勢が一蹴されるとは！」

「なあワイトキングさん、アンデッドしか召喚できないなら何回やっても結果は変わらねえぞ？　しかもアンタもアンデッドなわけで」

「ならば！　非実体系のモンスターで！　精神を壊してくれよう！」

ワイトキングが、今度は左手をかざす。

床ではなくドーム型の天井に魔法陣が広がる。

すうっと流れるように現れたのは、ゴースト系統のモンスターだ。

「ふぅはははは！　これならば【解体】できまい！　いけ！」

ゴースト、ファントム、バンシー。

実体を持たないアンデッドがコウタたちに襲いかかる。

「ベル、下がってて！」

「はい！　このモンスターたちは【解体】できる素材がありませんから！」

「コウタ、こっちは心配すんな。もう『魔力障壁』は張ってる、オレとベルに近づいてくることはねえ」

「よかった、じゃあ俺が壁役として……」

「一人を犠牲として逃げ出すか！　くくっ、では存分に、我が研究所に無断侵入した男の心を壊してくれよう！」

ベルと入れ替わるように、コウタが前に立つ。

ゴーストとファントムがコウタに群がる。

コウタと重なりすり抜ける。

バンシーが悲鳴をあげる。

これが常人であれば、生者を恨むアンデッドの度重なる精神攻撃で、心を壊してしまったことだろう。ワイトキングの言う通り。

だが。

「…………えっと?」

コウタは、半透明のゴーストとファントムとバンシーに群がられながら首をかしげた。

特にダメージはない。

この世界に来てから、コウタは【健康】なので。

「あーうん、そうなるよなあ」

「す、すごい……勇者さまはゴーストに苦戦してたのに……」

「勇者サマはオレみたいに『魔力障壁』を張れなかった? それとも魔力の活性化ができなかったのか? 案外、幽霊が苦手なだけだったりしてな」

「これ、どうしたらいいんだろう」

「カアッ!」

呑気なコウタの横手から、炎を身にまとったカークが飛来する。

非実体系モンスターを通り抜ける。

と、ぼあああと声にもならない悲鳴をあげて、ゴーストもファントムもバンシーも消滅していった。

ドーム状の広間に残るモンスターは、ダンジョンボスのワイトキングだけだ。

そのワイトキングは、カタカタと黒い骨を鳴らして戦慄《わなな》いていた。

「あ、ありえん！　この数の霊体による精神攻撃なのだぞ！」

「アンデッドはこの二人相手には通用しねえみたいだぞ？　諦めたらどうだ？　オレたちの資金稼ぎに協力してくれんなら討伐しないでこのまま──」

「我は！　ここで死ぬわけにはいかぬ！」

ワイトキングが両手を広げる。

マントがはだけ、あらわになった胸骨の上でネックレスが輝く。

「侵入者に好き勝手されるのは業腹だが！　研究の完成こそ我が悲願！　さらばだ理不尽な侵入者たちよ！」

どうやら、相性の悪さを見て退くことを決めたらしい。

だが、何も起きない。

魔法の発動体であるネックレスの輝きが消えても、ワイトキングは両手を広げたままだ。

黒い頭骨をかしげる。

「はっ、知らなかったのか？　ボス戦からは逃げられねえんだ」

「あれ？　アビー、さっきは逃げられるって」

「オレたちはな。けど、こっちが追い詰めてんのにボスに逃げられたくねえだろ？」

「そっか、俺たちが逃げられるなら相手だって逃げられるわけで」

「まあそんなダンジョンボスはいねえけどな。コイツは知能高いし、ひょっとしたらって仕掛けといたのよ」

「こ、これは、【空間魔法】？　バカな、使い手は【陽魔法】より稀少な」

「おう。これだけ時間もらえりゃ、転移も霊体化も阻害できる結界を張れるってもんよ。オレだけ働かないわけにはいかねえからな！」

うろたえるワイトキングを見て、アビーが誇らしげに胸を張る。服のつっぱりを感じて「やっぱサラシ巻こうかなあ」などとのたまう。

コウタとベルがアビーを讃《たた》え、カークは油断なくダンジョンボスを睨みつける。

「くっ、我はここで死ぬわけにはいかぬのだ！」

「アンデッドみたいだし、もう死んでるんじゃないかな」

「死後アンデッドにならぬ者はどうなるのか！　魂は！　ようやく糸口が掴《つか》めたものを！」

「えっと、複数の世界にまたがって輪廻転生《りんねてんせい》するみたい」

「存在の不確かな神には頼らぬ！　命を創り出して我の理想の女性を――」

「神様、会ったなあ。女神様と少年みたいな神様、二人？　二柱？　に」

悲嘆に暮れていたワイトキングの動きが止まる。

眼窩の炎が激しく揺れる。

驚いて口を開けすぎたのか顎骨が落ちる。

数秒後、フリーズしたワイトキングが再起動する。

コウタに質問する。

「…………その話、詳しくお聞かせ願えないだろうか？」

ダンジョンの最深部は、時が止まったかのような静寂に包まれた。

やがて、ぽつりとアビーが口を開く。

「どうするコータ？」

「カァ？」

「話が通じるなら、話してみたいと思う。その、この人？　がここで暮らしてるなら、家を荒らしたのは俺たちだから……」

「まあいいんじゃねえか？　【陽魔法】に【空間魔法】、どっちも知ってるみたいで、オレも興味あったしな」

「お二人がいいなら僕もいいかなって。何かあったら【解体】すればいいと思います！」

「こわっ。【解体】のアンデッド特効に気づいたベルが容赦ねえ」

「カアー」

三人と一羽は、ダンジョンボス——ワイトキングと会話することに決めた。余裕か。

まあ、コウタは【健康】でダメージを受けず、死んでいるモンスターならベルが【解体】できる。

実際余裕である。

「じゃあ、話をしよう。危ないから、みんなはちょっと離れた場所からで」

「疑念も当然であろう。ならば我はこちら側で」

そう言って、ワイトキングは祭壇を挟んでコウタたちと対峙《たいじ》する。

絶黒の森南部で発見されたダンジョン、その最奥で。

奇妙な情報交換がはじまった。

「その指輪にネックレス。おっさん、この場所は古代魔法文明関連か？　まさか生き残りとか？」

「アビー、生きてはないと思うよ。でも意識が続いてたら生き残りって言えるのかな。俺も意識は続いてるけど体はたぶん変わってて」

「おっさん……我はクルト。クルト・スレイマンである」

「あ、はい、よろしくお願いしますクルトさん」

「うむ、こちらこそお願いする。それよりも古代魔法文明とは？　インディジナ魔導国は滅んだのか？」

「アレはそう読むのか！　ああ、『インディジナ魔導国』は滅んだ。たぶん二〇〇〇年ぐらい前だって考えられてるな。んで、痕跡は残ってたんだけど国名は読めなかったんだ」

「それで単に『古代魔法文明』って呼ばれてるんですね！　知りませんでした！」

「まあその辺は研究者でもなければ興味ねえだろうからな。遺跡に潜って有用なマジックアイテムが見つかればそれでいいって考えてんだろ」

「二〇〇〇年……そうか、国は滅びたのか……」

「なんて言ったらいいのか、お悔やみ申し上げます？」

「なんで疑問系なんだコータ。まあほら元気出せよクルト、こうして生きてるんだからさ！　生き残ったヤツがふさぎ込んだら、死者も浮かばれねえって！」

「アンデッドに元気？　生きて？　死者というかクルトさんも死者のような」

「カァー」

いちいち引っかかるコウタに、もういいだろ、とカークが鳴く。

害意はないと確信したのか、カークはワイトキング——クルト・スレイマンが取り出した杖の先に止まった。

ボロボロのマントを羽織った黒い骨のアンデッドと、ねじくれた杖の先に止まるカラス。

似合いすぎである。

「うむ。もともと我は国を捨てて魔導の深淵を望んだ身だ。亡国を嘆いたところでいまさらであろう」

「立ち直りが早いなあ」

「こっちはわりとそういうもんだぞ、コータ。クヨクヨしてたら生きてけねえからな！」

「それで、先ほどの話をお聞かせ願えないだろうか。魂は、神の存在は」

「ちょっと待ってください。先にこっちから質問していい？」

「我に答えられることであれば答えよう。我の知識など、魂や神の情報に比べれば安いものよ」

「おおおおおマジか！　マジか！　やったぜ！　くうっ、帝立魔法研究所の連中が聞いたら泣いて悔しがるだろうなあ！」

「えっと、アビーもちょっと待ってね。いまはそれよりも——」

そう言って、コウタが姿勢を正す。

真剣な眼差しでクルトの目を見つめる。目はない。眼窩の炎を見つめる。

「このダンジョンのアンデッドは、自然発生なんだよね？　クルトさんが生み出したわけではない？」

「うむ。ダンジョンのアンデッドは瘴気が形を帯びたものだ。人間やそれに類するものの死体が動き出したわけではない。つまり瘴気がなんらかの過程を経てヒトの骨格、あるいは霊体を創り出しており我はそこに着目してここに研究所を建てた。我の研究は――」

「なるほど、そうだな、そっちを先に聞かなきゃな。やるなあコータ」

「死体からじゃなくて自然発生、それに瘴気さえあれば生み出されるアンデッド。これってひょっとして」

「無限魔石製造装置だな！　つまり無限にお金を稼げるダンジョンってわけだ！」

「無限とはいかぬだろう。瘴気はアンデッドを創り出すが、その分薄れていく。いずれ瘴気は枯れ果ててアンデッドは発生しなくなり、自然、魔石も生み出されぬ」

「そうなんだ……ずっと魔石が手に入るって、そんなにおいしい話はないかあ」

「待て待てコータ、諦めるのはまだ早いぞ？　なあクルト、さっきアンデッドの軍勢を喚び出しまくったよな？　そのわりに、広間の瘴気が減ったように見えねえんだけど？」

「このダンジョンは周辺の瘴気を集めている。この二〇〇〇年の間に、地上はよほど瘴気の濃い地になったのであろうな」

「あ。『瘴気渦巻く絶黒の森』」

「……これホントに無限魔石製造装置なんじゃねえか？　お金稼ぎ放題？」

「でもアビーさん、同じ街でたくさん魔石を売ったら値崩れしますよ？　ほかの街まで【運搬】しますか？」

「カァ！」

「そうだねカーク。クルトさん、地上には精霊樹があって、瘴気を浄化してるんです。そしたら瘴気が薄れて補充されなくなって、アンデッドは発生しなくなりますか？」

「精霊樹？　が何かはわからぬ。だがあるいは、瘴気がなくなれば、清浄な気でアンデッド以外のモンスターが生まれるかもしれぬな」

「ダンジョンの変質。なりゆきに任せるには運すぎるよなあ」

「けどアビー、あんまり贅沢《ぜいたく》は言わなくてもいいんじゃない？　絶黒の森はまだまだ瘴気が濃いみたいだし、なくなるまでお金が稼げるなら」

「おう、それもそうだな！　コッコツがっぽり稼いで、その頃には村づくりも軌道に乗ってんだろ！」

「あれ？　瘴気がなくなったら、クルトさんは死んじゃいませんか？」

「ふぅははは！　心配はいらぬ、少年よ！　我は自然発生したアンデッドではなく、禁呪にて自ら変性したアンデッドゆえな！」

歯を打ち鳴らして、古《いにしえ》の魔導士、クルト・スレイマンはカタカタ笑う。

杖の先のカークもご機嫌で羽を広げる。仲良しか。

自分からアンデッドになった。

そう聞いて、コウタは心配そうに眉を寄せた。

「望んでアンデッドになったって、何があったんですか？　その、聞いてもよければ、ですけど」

「かまわぬ、よくぞ聞いてくれた！　我の研究の目的は、『生命の創造』である！　もちろんアンデッドではなくな！」

ばっと両腕を広げて宣言するクルト。

眼窩の炎が爛々《らんらん》と輝いている。

急な動きに驚いたのか、カークはばさっと飛び立ってコウタの肩に戻った。

「教会より『禁忌』とされた悍《おぞ》ましき研究主題《テーマ》である！　臆《おく》したか人間よ！」

「へえ、生命の創造。ずいぶん高い目標を掲げたもんだ」

「人工授精とかそういうことじゃないんだよね？　魔法がある世界ならできるのかな」

「うまくいったら家畜を自由に増やせるってことですか？　すごいですね！」

「……………うむ？　二〇〇〇年の間に、生命の創造への忌避はなくなったのか？」

「カァー」

首をかしげるクルトに、こいつらを基準にしちゃいけねえ、とばかりに呆れ声でカークが鳴いた。

「機械の体にＡＩを載せるのかな。けどそれだと感情がない？」

「どうかねえ。ホムンクルスみたいな人造人間的アプローチかもしれねえ」

「うーん、でもそっちでも感情を生む？　のが難しいような」

「そういや魂の情報を知りたがってたな。人形に魂を宿らせる憑依系？」

「プラスチックの模型とかフィギュアが動き出したら楽しそうだね」

「それは無理じゃねえかな、人間と同じ動きをするには関節や筋肉のハードルが高……あ、こっちには魔法があるのか。高位のスケルトンはスムーズに動いてたしな」

生命の創造。

研究過程、あるいは創造工程で非人道的なことをしなければ、コウタとアビーに忌避感はないようだ。

二人に「この世界の常識」は通用しない。

コウタもアビーも、元の世界のことを思い出して盛り上がる。

出会ってから何度目か、クルトがフリーズする。

数秒後、フリーズしたワイトキングが再起動する。

コウタとアビーにお願いする。


「…………その話、詳しくお聞かせ願えないだろうか？」


二度目の懇願であった。

かつて栄えた「古代魔法文明」に、異世界転移者や転生者はいなかったのかもしれない。

コウタとカークが異世界で目覚めてから二ヶ月ちょっと。

逸脱賢者アビー、勇者に追放された荷運び人《ポーター》ベルと出会った一人と一羽は、いままた新たな出会いを迎える。

今度は、古代魔法文明の生き残り？　でアンデッドの魔導士である。

コウタが異世界の常識を知る日は遠い。


【3】

「ほう、我の知らぬ間にこのようなことになっていたか」

「あー、んじゃやっぱりダンジョン化して天然の洞窟とつながったのか」

「ひさしぶりに外に出るとまわりが変わってるものだよね」

「へえ、そうなんですね！　知りませんでした！」

「カァー」

周囲を見て驚くクルトに、コウタが同意する。

引きこもりあるあるである。

アウトドア派なベルは知らなかったらしい。世の中には知らない方がいいことも存在する。

コウタたちがダンジョンボス――ワイトキングのクルト・スレイマンと対話をはじめてから一時間ほど。

一行は、ダンジョン最奥の広間を出て外に向かっていた。

二〇〇〇年間、地下研究所に引きこもっていたクルトを外に出すため、ではない。

ダンジョン内で泊まるよりはと、三人と一羽は拠点に帰ろうとしているのだ。

魂、輪廻転生の情報、それに異世界の価値観と知識と発想を持つコウタとアビー。

クルトはまだまだ聞き足りないらしい。

引きこもりが、長時間の外出を決意するほどに。

「それにしても……クルトさんって、そういう外見なんだね。敬語の方がいいかなあ」

「かまわぬよ、コウタ殿。こちらが教えを乞う身なのだ、むしろ我が敬語を使うか？」

「いや、それは落ち着かないんで。そのままでお願いします」

「なあカーク、この会話おかしくねえか？　敬語とかなんとか、【言語理解】ってどうなってんの？」

「カアッ！」

細かいことは気にすんな、とばかりにカークが吠《ほ》える。カラスの言葉はわからないはずなのに意図は通じる。【言語理解】は意思疎通に役立っているらしい。

そもそも「怪我ひとつしない【健康】」「ありえないほどの荷物を運べる【運搬】」「死んだモンスターや獣を超速でバラせる【解体】」、スキルには理解不能なことが多すぎる。

それでも気になるあたり、アビーも研究者気質なのだろう。

ちなみに、ダンジョンの外に出るにあたり、クルトは黒い骨の体ではなくなっている。

マントをまとっているのは変わらないが、頬のこけた壮年の見た目に変化していた。

もっとも、霊体の存在感を強めて視認できるようにしただけで、実体は骨のままらしい。

「ほう、これが二〇〇〇年後の世界か。……………なるほど、濃密な瘴気であるな」

「この辺は『絶黒の森』の中でもさらに瘴気が濃いんだって」

「だからダンジョン化したんだろうなあ。強力なアンデッドであるクルトの存在が瘴気を集めた可能性もある」

「卵が先か鶏が先かってお話ですね！」

「あ、こっちにもあるんだその話」

「カァ、カアッ！」

三人と一羽と一体はダンジョンの出口にたどり着いた。

裂け目から出たクルトは、興味深げに周囲を見まわす。

黒い森は夕陽に照らされていた。

日没はもう間もなくだろう。

「よし、本格的に暗くなる前にさっさと帰ろうぜ！」

「あっ。クルトさん……クルト、清浄な空気は大丈夫？　精霊樹のまわりは空気が澄んでて、木も地面も黒くなくて」

「問題はなかろう。この身はたしかにアンデッドだが、瘴気で変じたわけではないゆえ」

「おっさん、陽光は平気なのか？」

「実は少々陽射《ひざ》しがキツいようだ、夕刻でこれならば昼間はいかほどか」

「わかる……ひさしぶりに外に出ると陽射しでクラッとするよね」

「いやコータ、そういうことじゃねえぞ。おっさんはアンデッドだからな、普通、昼間はほとんど活動できねえはずなんだ」

「あっそういう」

アビーは決して引きこもりあるあるを心配したわけではない。

アンデッドゆえの弱点を懸念していただけだ。

まあ、クルトは二〇〇〇年引きこもっていた筋金入りなのだ、アンデッドでなくても陽射しはキツかっただろうが。

「だが、耐えられぬほどではない」

「それはそれですげえなおっさん。アンデッドなのに」

「クルトがそう言うならいいんだけど……ベルは大荷物になってるけど平気？　少し持とうか？」

「平気ですコウタさん！　僕は荷運び人《ポーター》ですから！」

「なあベル、ポーターって言えばなんでも許されるわけじゃねえからな？　普通のポーターはその荷物運べねえし、『死んでるから』ってアンデッドの【解体】もできねえからな？」

「カァー！」

アビーのツッコミに、ベルはぽかんとしている。

なんで通じないんだろ、これだから無自覚系は、とアビーは小さく首を振る。

夕暮れにテンションが上がったのか、カークはばさっと飛び立った。

絶黒の森の南側で発見されたダンジョンを攻略して、コウタたちは帰路につく。

精霊樹と小さな湖のほとりの拠点へ、ダンジョンボスを連れて。


「いまの世ではコレを『精霊樹』と呼ぶのか」

「はあ、そうみたいです。クルトの頃は違う名前で？」

「うむ。神聖帝国の連中は『神の宿り木』、インディジナ魔導国では『世界樹』と呼ばれていたものだ」

「くっ、クルトから出てくる情報がいちいち気になる！　神聖帝国っていつどこにあった国だ、これ聞いたら研究所のヤツらみんな国を捨てて駆けつけそうだなあ」

「よいしょっと。コウタさん、アビーさん、荷物はここに置いておきますね！」

コウタとカーク、アビーとベルは精霊樹のふもと、小さな湖のそばの拠点に帰ってきた。

一緒にやってきたクルトはそびえる大木を見上げている。

「神の宿り木かあ。お願いしたら実をくれるし、この木にも神様がいるのかなあ」

「ほう？　それは興味深い」

「あー、クルト、オレやコータが言う『神様』は、こっちの『神様』の概念とは違うかもしんねぇぞ。八百万《やおよろず》だからな」

「神様ってそんなにたくさんいるんですね！」

「カァー」

「神の実在を知ったのだ、柄ではないが、我も祈りを捧《ささ》げよう」

そう言って、クルト・スレイマン――痩せこけた壮年の幻をまとったスケルトンがヒザをつく。手を組む。

頭《こうべ》を垂れて祈る。

予想外に真摯《しんし》な姿勢に打たれたのか、コウタとカークとアビーとベルは静かに見守る。

「我は禁呪にて定命を捨てた。禁忌を犯して生命を創り出そうとしている。だがこれも、ひとえに我の目標ゆえ。我の夢を叶《かな》えるため」

クルトはすっと精霊樹を見上げた。

両腕を広げる。

霊体が揺らいだのか黒い骨の姿がチラつく。

「神の意にそわぬならば、いまこの時、我が身に罰を！　どうか、理想の女性を創り出す、我が悲願を見守り給《たま》え！」

「そっか、それでクルトは『生命の創造』を目指してたんだね」

「なんというか、うん。まあその、目標も思いも譲れないものも人それぞれだもんな」

「カァ」

「お爺《じい》ちゃんもお父さんも、『理想の女性を見つけたら離すなよ！』って言ってました！」

クルトの祈りに、コウタたちはそれぞれ感想を漏らす。

風もないのに精霊樹の枝葉がざわつく。

クルトはヒザ立ちのままじっと見上げる。

ぽとりと、果実がひとつ落ちてきた。

まるで、クルトの夢を応援するかのように。

胸の前でクルトが受け止める。

「これは……」

「現代では『アンブロシア』って呼ばれてるな」

「精霊樹もクルトのことを認めてくれたみたいだね」

「まあ少なくともこの樹《き》への害意はないってこったな」

「カアッ！」

ベルの時と同じようなことを言い合うコウタたち。

カークは、これもまた導きだ、と利口ぶって頷いている。鳥頭なのに。カラス賢い。

だが。

「さすがに、この身で『神の実』は食べられぬ」

「え？」

「まあなあ、瘴気から生まれたわけじゃねえっていっても、アンデッドが清浄化作用《アンプロシア》のある実を食ったらマズそうだよなあ」

クルトは、果実を食べられないらしい。

霊体の表情が困り顔だ。

「……願っていただいた果実だ、理想の女性を創る素材にならぬか調べてみよう」

悩んだのち、クルトはポツリとつぶやいた。

その表情は晴れない。

「あっ」

「どうしたコータ——おお」

思い悩むクルトをよそに、コウタが気の抜けた声を漏らした。

反応したアビーも視界をよぎったものに驚く。

「むっ？　これは」

「その枝を使ってくれってことじゃないかなあ。ほら、果実よりこっちの方が体を創りやすそうだし」

「ふむ……『神の宿り木』の枝を素体に……」

「その太さじゃ骨格にするにしても無理じゃねえか？　削り出しはもっとキツそうだな」

「うーん、まずはミニチュアサイズで作ってみるとか？」

「小人さんですね！」

落ちてきたのは、精霊樹の小枝だった。

果実が使いづらいなら枝を、ということなのだろうか。

だが、細い。

太いところで成人男性の手首ほどの太さしかない。

クルトが、コウタとアビーが頭を悩ませる。

と、ふたたびガサガサ音がする。

今度は、一本の小枝が落ちてきた時よりも大きく。

ドサドサと、太めの枝やら小枝やらが、クルトの眼前に落下した。

「…………使ってほしいみたいだね」

「うむ。これほどの量があればなんとかなるやもしれぬ。やってみよう」

「オレも協力するぜクルト、おもしろそうだからな！　それに、うまくいったらオレも男の体に
……いや、なんでもねえ」

果実でも小枝でも、クルトに不満があったわけではない。

だが、精霊樹——クルトいわく『神の宿り木』——は、大量の枝を落とした。

まるで、これで素体を創れと言わんばかりに。

真意は不明である。

そもそも樹に意志があるのかも不明である。

「カアッ！」

読み取れるかどうかは別として、はしゃぐカラスに意志はあるようだが。

クルトが精霊樹に認められたのち。

コウタたちは、精霊樹と小さな湖のほとりの広場で車座になって話をしていた。

「ふむ。まずは削って象《かたど》ってみるとしよう」

「フィギュアってヤツだね。ゴーストやバンシー？が取り憑《つ》いたらあっさり動くかも」

「いかに『神の宿り木』の枝といえど、稼働するには多くの魔力が必要となるだろう。使いものにならぬ」

「だろうなあ。プラ模型みたいに関節部をはめ込み式にするか？　いや、魔法がある世界なんだ、球体関節って手も」

「あれ？　ねえアビー、クルト。スケルトンってどうやって動いてるの？　骨だけじゃくっつかないし動かないよね？」

「ああ、アレはスケルトンの魔力が線状に……そっか、応用できるかもな」

「骨も石も金属も、いくつかの種類の木材でも不可能であった。だが、この枝なら、あるいは」

この世界に来てから【健康】になったコウタと、この地に片道転移してきた『逸脱賢者』アビーと、ダンジョン化した研究所の主《あるじ》でアンデッドのクルトである。

「古代魔法文明の魔法使いと話し合えるなんて、コウタさんもアビーさんもすごいですね！」

「カァー」

荷運び人《ポーター》のベルと、カークもいた。

その一人と一匹は会話に入ってこなかったが。ベルはともかくカークはカラスなので。

「我も気になっていたのだ。現代の魔導士は優秀なのだな」

「俺は魔法使いじゃないよ。いま勉強中だけど……」

「ほう？　ではその発想や知識はいずこからきたのだ？　天性の才覚か？」

「そんな、俺なんてぜんぜん！　単に、日本で育って、記憶を持ったまま転生したってだけで」

「転生者だと!?　そうか、神に会ったというのは！」

「うん、一度死んだ時に」

「オレは会ってねえけどな。コータと違って普通に生まれたし」

「えっと、勇者さまも別の世界から来たって言ってました！」

「………二〇〇〇年の時が経ったいまの世では、転生はありふれたものなのか？　我が人間だった頃には伝承でしか聞かなかったが」

「カァ。カアー」

「オレ、コータ、それとたぶん今代の勇者サマ。それぐらいじゃねえかなあ」

「ふぅむ……まあよい、いまは『他の世界の知識と発想を持つ者』に出会えた奇跡を喜ぶとしよう」

「ははっ、それを言うならこっちだって！　失われた『古代魔法文明』を知るヤツに出会えたんだ、聞きたいことがありすぎる！」

「存外、我のほかにも生き残りがいそうなものだが」

「生きてないのに？」

めずらしくコウタが突っ込むも、返答はない。

コウタもアビーもベルもクルトも、マイペースであるらしい。

カークは一人──一羽──、広場に設けられた止まり木の上で首を振った。

「そういえば、クルトの家もつくらなくちゃね。それまでは野営するしかなくて」

「いや。我は、研究所で生活を続けるつもりだ」

「え？」

「コウタ殿やアビー殿に教えを乞うために、定期的にこの地を訪れたいと思っているが」

「あっうん、それはかまわないけど、アンデッドだらけのダンジョン暮らしで平気なの？」

「ふははは、我は二〇〇〇年もあの地で暮らしてきたのだ。アンデッドのこの身に問題があるわけなかろうて」

「なあクルト、ダンジョン内のアンデッドは殺《や》っちゃっていいんだよな？　魔石や素材も持ち出してOK？」

「うむ、かまわぬ。我にとっては、アビー殿が知る現代の魔法体系、コウタ殿とアビー殿の異世界の発想と知識は充分すぎる対価なのだ」

「はあ、俺の知識？　と発想？　でよければいくらでも提供するけど……それでお金を稼げるなら」

「コータ、気をつけろよ。異世界の知識は金になることもある。クルトはいいけど、よそでそんなこと言ったらどうなることか」

「あれ？　勇者さまはときどき異世界の知識を披露してましたよ？」

「カァー」

「勇者はなあ。国から守られてっし、いざとなりゃ自力で切り抜けられるわけだからさ。コータはダメージ受けねえっても、監禁されたりしたらヤバイだろ？」

「うむ、気をつけるのだぞコウタ殿。なに、もしそのようなことがあれば我が力を貸そう。研究の協力者への助力は惜しまぬ」

「えーっと、ありがとうございます？」

コウタはぺこっと頭を下げた。

『逸脱賢者』に、常識はずれの荷運び人《ポーター》、ダンジョンボスで古代魔法文明の生き残りの魔導士。目覚めた場所からほぼ移動していないのに、コウタの「仲間」が増えていく。

「助力を約束したところで、我の方がもらいすぎであろう。さて、ほかに何か――」

「それこそ、クルトが生きてた頃の知識をもらえれば充分すぎるぞ？」

痩せこけた壮年の霊体姿で、クルトはあたりを見渡した。

ダンジョンを出て二日目、一夜が明けて陽光に照らされているにもかかわらず、アンデッドのクルトがダメージを受けている様子はない。

やがてクルトは、一点を見て動きを止めた。

「あれは？」

「ん？　ああ、オレの家を建築中なんだ。けどオレもコータもベルも、家づくりの知識はなくってな。魔法で試行錯誤しててよ」

「ならば我が手伝おう」

「…………え？　古代魔法文明の生き残りの魔導士で、アンデッドのクルトが、建築？」

「くははは！　コウタ殿よ、誰があの地下研究所をつくったと思っておるのだ！　他者に任せていたら秘密は守れなかったことであろう！」

「おいおいおいマジかよクルト。まさか、魔法で？　そんな魔法聞いたことねえぞ？　坑道を掘るドワーフなら知ってっかもだけど、それにしたって坑道で」

「くくくっ、ならばアビー殿に伝授しよう。なに、当時の魔法理論を学べば簡単なこと」

「つしゃあ！　無限魔石製造装置のダンジョンよりこっちの方が嬉《うれ》しいかも！」

「おー、助かる。ほんと助かるよクルト」

「カアッ！」

「すごいですねクルトさん！　あっ、要らない土や石が出たら言ってくださいね、僕が【運搬】しますから！」

「ふぅははは！　よかろう、我が魔導の真髄《しんずい》を教えてくれよう！　なに、魔力にも魔法にも光と影の二極があると理解して感じ取れれば難しいことではない！」

ねじくれた杖を手に、痩せこけた頬を歪めて大笑するクルト。

ベルはアンデッド魔導士を尊敬の眼差しで見つめている。

だが、コウタとカークとアビーは、こてんと首をかしげた。角度が揃っている。

「光と影？　陰陽みたいなことかな」

「そうか、カークのスキルが【火魔法】じゃなくて【陽魔法】って読み取れたのはそれか。陽光はまんま陽で、炎が陰か？」

「カァ？」

あっさり通じた二人に、クルトは動揺を隠せない。

「う、うむ、そういうことだ。カーク殿は『太陽の化身』と見紛《みまが》うほどの『陽』の魔力を宿しておる。自然、放つ魔法も【陽魔法】なのであろう。魔力の奥底には『陰』もあるようだが――」

「カアッ！」

「むっ、すまぬ、秘密であったか。誰しも奥の手の一つや二つ持っているもの。不用意に明かそうとしたことを謝罪しよう」

「カァー」

「許しに感謝を。さて。我が提供できるのは魔法も含めた『古代魔法文明』の知識、建築の手助け、それとダンジョンに自然発生したアンデッドの素材」

「俺とアビーは元の世界の知識と発想を、あとは」

「オレは現代の魔法理論だな！」

「そうだ、クルト。精霊樹の実や枝は、別でカウントしておいてね。俺たちのものってわけじゃないから」

「はいっ！　品を指定してお代をいただければ、欲しいものは僕が【運搬】してきます！」

「ほう、それはまた興味深い」

「えーっと、じゃあ話はまとまったってことでいいのかな？」

「うむ。我は研究者ゆえ、社交性に富むとは言いがたいが……よろしくお願いする」

「こちらこそ、よろしくお願いします」

「カアー！」

「よろしくクルト！　いやあ、『新しい魔法』ってワクワクすんな！　精霊樹の枝を利用した素体づくりも楽しみだぜ！」

「クルトさんのおかげで村づくりがはかどりそうですね！　よろしくお願いします！」

たがいにぺこっと頭を下げる。

コウタたちの拠点で一緒に生活することはないが、協力は惜しまない。

立場としては「協力し合う隣人」というところだろうか。

最初こそ戦闘になったものの、着地点を見つけておたがいにメリットのある関係性を構築できたようだ。

本格的な村づくりはこれからだが、コウタたちには先に隣人ができたらしい。

古代魔法文明の生き残りのアンデッド魔導士――ワイトキング――の。

コウタが一般的な異世界人と知り合えるのはいつの日か。一般的な異世界人と知り合えるのか。

怪しいところである。


【4】


「魔力も陰と陽の性質を持つ。『瘴気』と呼ばれるのは陰に振り切れた魔力だと考えられていた」

「へえ。じゃあ絶黒の森は、『陰の魔力』に満ちた場所ってことかな？」

「うむ、そう言えるだろう。して、『神の宿り木』『世界樹』が陽の魔力に変換しているのだ」

「なるほどねえ。ってことは、周囲の魔力を使うタイプの魔法なら出力を上げられそうだ」

「可能であろうな。ゆえに『生命を創り出す』研究は、我の研究所で行いたいのだ」

「あの視認できるほど濃い瘴気を使うのか。……なんか、『理想の女性』じゃなくて禍々しいモンスターが生まれそうだな」

「カァ?」

「え? 大丈夫なのそれ?」

「実験の失敗によりアンデッドが生まれても問題はない。我が支配できるゆえにな」

「はあ!? んじゃなんであのダンジョンのアンデッドたちはオレたちを襲ってきたの?」

「自然発生したアンデッドは放置している。研究に集中していたいものでな」

「気持ちはわかるけども! あー、けどクルトの支配下にあったら倒すのも申し訳ねえか」

「それにほら、いまはこうして仲良くなったけど、クルトにとって俺たちは住居への無断侵入者だったわけで。襲われても文句は言えないような」

「……まあ、結果オーライってことで」

「カァー」

コウタたちがダンジョンを攻略して、ダンジョンボスにして古代魔法文明の生き残りのアンデッド魔導士、クルトを連れ帰ってから二日目。

クルトはまだダンジョンに帰らず、広場でコウタとアビーとカークと話をしていた。カークは鳴くばかりでイマイチ話に参加できていないが、それはそれとして。

なお、ベルはいない。

ダンジョンで得た魔石やアンデッドの武器防具を持って、最寄りの街まで売りに行ったのだ。

いつもの大岩を【運搬】して。

巨大な大岩を軽々と背負うベルを見て、クルトは驚きのあまり顎骨が外れた。あっさりはめられて幸いである。さすが地はスケルトン。

「それに、もしも『禍々しいモンスター』が生まれたとしても心配あるまい」

痩せこけた壮年の霊体姿で、クルトがチラッとコウタとカーク、アビーを見る。

「死者を【解体】できるベル殿はいなくとも……コウタ殿は無傷で止められるであろう？」

「まあなあ。【健康】なコータが止めたとこに、陽の性質を持ったカークの【陽魔法】か、オレの【空間魔法】で仕留めりゃいいと」

「カアッ！」

「はは、カーク、もしもの話だから。いま張り切らなくていいって」

「『スキル』とは不思議なものよな」

「現代じゃ知られてねえけど、古代魔法文明、おっと、インディジナ魔導国じゃ知られてなかったのか？」

「『特別な力』の存在は知られていた。神から授かった『ギフト』と称して、神の実在の証明だなどとのたまっておったが……」

「そういえばアビー、クルトのことは『鑑定』しないの？」

「アビー殿さえよければ我を鑑定してほしい。いかなる『スキル』があるのか、研究者として、魔導の深淵を覗く者として気になるところだ」

「いいのか？　隠したい奥の手もバレるかもしれねえんだぞ？」

「うむ、お願いしたい」

アビーの問いかけに、クルトは迷うことなく頷いた。

立てかけていた杖を手に取るアビー。

杖を構える。

ローブの袖から白く細い手首が覗く。

「『鑑定』ッ！」

光ることも、魔法陣が現れることもない。

アビーはただじっとクルトを見つめる。

「どうだった、アビー？」

「カァ？」

コウタとカークがアビーを急《せ》かす。

クルトは目を細めてアビーと、自身を通過する魔力の流れを観察している。

そして。

「さすが古代魔法文明全盛期の魔導士！　これまで見た誰よりも魔法スキルがあるぞ！」

「おおー！」

「カアッ！」

「ほう？　神の判定ではいかなる『スキル』が？」

「神サマの判定かどうかはわからねえけどな！　んー、ざっくりレベルにすると、オレと同じスキル【魔導の極み】はLV．一〇ってとこか？　ｅｘとはいかねえけど……それに、【禁呪】？　こっちも一〇って言っていいだろ」

「【禁呪】……なんかすごそうな……」

「我が不死者に変異した際に使った魔法のせいであろうな」

「魔法スキルは多すぎるし、うまく読み取れねえ。これは、オレがもうちょい陽と陰の性質を理解してから見直した方がいいかも」

「ふむ。理解できぬものは読み取れぬか、それもまた道理」

「俺の【健康】、カークの【導き手】、アビーの【魔導の極み】にベルの【運搬】【解体】みたいなexスキルは？」

「おう、しっかりあるぞ！【ダンジョンマスター】に、んー、これは……【不倒不屈】？　死なない倒れない屈しない、みたいな。不撓不屈《ふとうふくつ》じゃねえんだな、ってそれはオレの読み取りの問題か」

「おおー、すごい！」

「カアー！」

「待て待て、結局クルトはダンジョンマスターなんじゃねえか。やっぱ研究所がダンジョン化して、洞窟につながった感じか？　なら研究所の主のクルトがマスターってのも頷けるけど」

「たくさんの魔法を使いこなせて、exスキルが二つかあ。すごいなあクルト」

「ほんとにな。『鑑定魔法』で見たヒトの中で、exスキルが一つなのはオレだけかあ……しかも俺より多い魔法スキル……あれ、オレってクルトの下位互換なんじゃ……？」

「そんなことないよアビー！　俺、アビーに助けられてるし頼りにしてるから！」

「カ、カア！」

「ははは、ありがとな、コータ、カーク。はは」

アビーはうつろな目のまま乾いた笑い声をあげる。

クルトの多種多様で読み取りきれない魔法スキル、二つのexスキルを見てショックを受けたらしい。

「ふぅむ、スキル、スキルか。こうして見て取れるならば、強力なスキルを宿す方法もわかるやもしれぬな」

一方で、クルトは自身のことよりも「スキル」の概念自体に興味津々だった。

あるいは、「生命を創り出す」ことに役立つと考えたのかもしれない。

「俺の【健康】もそうだけど、exスキルの効果はすごすぎるもんなあ」

「まあな。けど難しいんじゃねえか？　クルト、ちなみに宿す方法はなんか思いつくか？」

「そうさな、考えられる一つ目として……我が生きていた頃の『ギフト』の名前通り、神から授かる、神の寵愛《ちょうあい》を受ける」

「あっうん」

「カァー」

「俺とカークがそうかも」

強力なexスキルを宿す方法としてクルトが提示したジャストアイデア。

コウタとカークは、なるほど、とばかりに頷いた。

転生、それも、おそらく神の手によって創られた体に、記憶と意識があるままでの転生。

「神の寵愛を受けた」と言えるだろう。

頷いたコウタとカークに驚きつつも、クルトは二本目の指を折る。

「たとえば、物心つく前、それこそ赤子の頃より研鑽《けんさん》を続ければ強力なスキルとなるやもしれぬ」

「あれ？　アビーってそんな感じじゃなかった？」

「ああ、生まれた時から前世の記憶と意識があったからな」

今度はアビーが頷く。

物心ついてから鍛えたところで、それではほかにも存在する「鍛える者たち」と変わらない。

スキルは身につくかもしれないが、「ほかより抜きん出たeｘスキル」とはならないだろう。

ゆえにクルトは、「赤子の頃より」と提示した。ありえないことだと思いつつ。

まあ、アビーはそうだったのだが。

「あるいは、特定の『スキル』を代々鍛えていく一族がいれば、いずれ子孫に強力なスキルが宿る可能性も否定できぬ」

「ベルかあ」

「ベルだな」

「カァー」

三人、もとい、二人と一羽の意見が一致する。

ベルは、常識はずれの荷運び人《ポーター》が集《つど》う村で、荷運び人《ポーター》の祖父や父に鍛えられてきたエリート荷運び人《ポーター》である。

強力なスキルを宿す三つの方法は、あっさり実例が見つかった。

痩せこけた壮年の姿で、クルトは肩を落としてうなだれる。

「そっかあ、我が敵《かな》わぬわけだなあ。我、無事でよかった。死んでるけど」

「ほ、ほら、意識が連続してるってことは生きてるってことで！　そう思おう！　じゃないと俺もアレだし！」

「それに【不倒不屈】があるんだ、レベルｅｘスキルの理不尽っぷりはすげえからな、きっと死ななかったって！」

「カアー！」

元気出して、とばかりにクルトを励ます二人と一羽。

優しい。優しいが、勝者に励まされたところで、敗者が惨めになるだけの気もする。

「俺は魔法使えないし！　いやあ、アビーよりいろんな魔法が使えるってすごいなあ！」

「カァ、カアカーッ！」

「そうそう、オレに古代魔法文明の魔法理論を教えてくれよな！　家づくりを手伝ってくれるのはありがてえし、『生命を創り出す』研究にも協力させてくれよ！　非人道的なのはやらねえけど！」

陰気に満ちたアンデッドの肩にアビーが腕をまわす。

コミュニケーションが苦手なコウタがクルトの前で不思議な動きをする。カークが地面を跳ねる。

精霊樹から枝先が落ちる。

やがて、クルトが顔を上げた。

「う、うむ。いかな経緯であろうとも、こうして良い関係を築けたのだ。我らの出会いを喜ぼう」

自分に言い聞かせる。

なんだか、どこか諦観《ていかん》の満ちた表情で。

スキル【不倒不屈】はどこにいったのか。心が折れていないだけでもスキルの力が発揮されているのか。

コウタとカークがこの世界で目覚めてから、二ヶ月と少しが過ぎた。

健康で穏やかな暮らしを送る。

はじまったばかりの村づくりは、資金源と新たな協力者を得て加速していくことになるだろう。

アビーとクルトが研究にのめり込んだり、コウタとカークがダンジョン探索の魅力にとりつかれなければ、だが。


【5】


「なるほど、このような効果が……『神の宿り木』、いや、精霊樹か。興味深い素材であるな」

瘴気に満ちた絶黒の森の、ひときわ瘴気が濃い南部で見つかったダンジョン。

そのダンジョンの、アビーが言うところの五階層。

最深部に、一人の男の姿があった。

もとい、一体のアンデッドの姿があった。

二〇〇〇年前に滅びたインディジナ魔導国出身の魔導士。

失われた古代魔法文明の生き残り。

クルト・スレイマンである。

一度死んだアンデッド《不死者》なため、「生き残り」かどうかは微妙なところである。

クルトは骨の体にボロボロのマントを巻きつけ、かちゃかちゃと骨を鳴らして、台の上に置いた木材を調べていた。

「瘴気を変換してエネルギーとする。ならば精霊樹を骨格にして……」

さながら「生贄の祭壇」のように禍々しい紋様が刻まれているが、台に神や生命を冒涜《ぼうとく》するような効力はない。

生命を創り出すことを目標としていても、クルトは非人道的な手法は取らないらしい。潔癖か。

【禁呪】スキルを持つアンデッドなのに。

「球体関節、か。くふふ、面白い発想をするものよ」

木材にあたりを取って削り出す。

クルトは含み笑いの似合うダンジョンボスのワイトキングだが、やっていることは大工さんか彫刻家だ。

二〇〇〇年に及ぶ研究の果てに、こうした技も身につけたらしい。熟練工か。

「これならば、かつてないほどの素体が完成しよう。だが……問題となるのは、魂か」

コウタたちと出会って、クルトの研究は進展を見た。

精霊樹の枝葉は、長い時を生きたクルトも初めて扱うほど貴重な素材であるらしい。

そして、瘴気を変換できる特性は素体に向いているようだ。

「時間はいくらでもあるのだ。幸い、いまの世の新たな魔法理論を知る賢者も、素材を【運搬】する荷運び人《ポーター》もいる」

人間だった頃と比べて、クルトは無限に近い時を得た。

アンデッドは疲れず、食事や睡眠も必要ない。

ひょっとしたらコウタよりも【健康】かもしれない。死んでいるが。

コウタたちと出会って、クルトは相談相手にして魔法理論を教え合う相手、それに市販されているものなら代理購入して運んできてくれるポーターを得た。

ひょっとしたら、一人で黙々と研究するよりはかどるかもしれない。

こうしてちょくちょく一人になることが許される、ほどよい関係性を保てるならば。

「それに、異なる世界の知識を持つコウタ殿も、【導き手】なるギフトを持つカーク殿もいるのだ」

クルトが素体を削り出す手を止めた。

球体の精度を確認する。

真球にはほど遠い。

普段なら残念がるところを、クルトは球体を掲げた。

まるで、生贄の心臓でも捧げるかのように。

「我が幸運を、実在する神に感謝しよう！」

……捧げたわけではない。

単に、気持ちが昂《たか》ぶっただけだ。

禍々しい祭壇で、空洞の眼窩に黒色の炎を輝かせて、手にしたモノを掲げて祈ったが、相手は邪神ではない。ないはずだ。

クルトの研究の目的はアンデッドを増やすことでも、生者に地獄を見せることでも、邪神の復活でもない。

「【不倒不屈】を以《も》って、生命を創り出してくれる！　我の理想の女性を生み出すのだ！」

……あいかわらず不純な目的である。

本人はいたって真面目で、二〇〇〇年間、追い続けているほど純粋《ピュア》なのだが。

その間に地上で活動していたら実在する理想の女性を見つけられていそうだ。二〇〇〇年もあったので。

ともかく。

誰しも譲れないものはある。

時にそれは、周囲から理解されなくとも。

だが、周囲から理解されることで開ける展望もある。

かつて栄えたインディジナ魔導国は、二〇〇〇年の時を経て「失われた古代魔法文明」となった。

二〇〇〇年、魔導の深淵を探り続けたアンデッド、クルトの研究は一気に進むこととなる。

新たな知識と、例を見ない発想をもって。

生命の創造を目指して禁忌を犯した男は、理想の女性を創造できるのか。

理解者が現れてもなお、知る者はいない。

――いまのところは。

エピローグ

コウタとカークがこの世界から目覚めて、およそ三ヶ月が過ぎた。

「うん、これでよし。……たぶんだけど」

自信のないつぶやきが漏れる。

コウタは一人、自身が伐採して開墾して種芋とカラス麦を植え付けた、小さな畑の前にいた。

日課になった畑の手入れである。

異世界であっても、瘴気《しょうき》渦巻く絶黒の森であっても、雑草は生えてくるらしい。

「肥料を撒《ま》いた方がいいかもだけど、ここにはないしなあ」

コウタが両親を手伝って畑仕事をしたのは、もう十数年も昔のことだ。

しかもこの世界とは違う世界で。

品種も知らない芋、元の世界とは違うだろうカラス麦。

知らない土地、というか知らない異世界で初めての農作業。

もしコウタが元の世界で農家だったとしても、自信は持てないだろう。

それでも、コウタは懸命に畑の手入れをしていた。

夜明けから少しして起き出して、朝食を摂《と》って、軽くストレッチして、畑に向かう。

健康を損ねてニートをしていた、以前のコウタの日常と比較にならないほど健康的な生活だ。

神から授かった【健康】のおかげか、あるいは生活環境——どころか世界——が変わったからか。

とにかく、コウタはひとつ頷《うなず》いて、畑をあとにした。

日課は終わって、ここからは自由な時間である。

自由に、活動する時間である。


「カッ、カアーッ！　カァカア！」

「どうしたのカーク？」

畑から拠点に戻ろうと歩くコウタに向けて、カークが飛んできた。

何やら伝えたいことがあるらしく、しきりにわめきながらコウタの肩に止まる。

だが、いくら鳴いてもコウタは首をかしげるばかりだ。

カークは諦めて、コウタの肩から飛び立った。

飛んでいく方向を目で追うコウタ。

と、畑まで続く道の先、木々の合間からひょこひょこ揺れる大岩が近づいてくる。

大岩が動くその光景を見ても、コウタが焦ることはなかった。

岩石系モンスターでもゴーレムでもない。

「ああ、これが言いたかったのか！　帰ってきたんだね！」

「カァー、カアッ！」

やっと気づいたか、とばかりにカークが鳴く。理不尽な要求である。なにしろ人にカラス語は通じない。三本足でさまざまなスキルを持つカークがカラスなのかどうかは置いておいて。

コウタがぼんやり見ているると、大岩はあっという間に近づいてきた。

「ただいま戻りました、コウタさん！」

岩の根元から明るい声がする。

たたたっと駆けてくる。五メートルほどの大岩の重さなど感じさせないほど軽やかに。

「おかえり、ベル。いつもありがとう」

勇者パーティから追放された荷運び人《ポーター》、ベルの帰還である。

コウタは肩にカークを止めて、ベルと一緒に歩き出す。
二、三分も歩くと、精霊樹と小さな湖のほとり、コウタたちが生活の拠点としている場所に到着した。
「万物は陰陽の性質を併せ持つ。その強弱を見極めることが魔導の深淵《しんえん》への第一歩である」

「なるほどねえ。単純に『火魔法』『土魔法』ってひとくくりにできねえってわけか」

「うむ、土は陰の魔力が強い。一方で、陽光や風は陽である。ゆえに、『土魔法』で地上に影響をもたらす難易度は高いのだ」

「はあ、だから土魔法が得意なヤツはだいたい地面からせりあげてんのか。へえ」

コウタが木々を伐採してつくった広場では、片道転移でこの地にやってきた『逸脱賢者』でコウタと同じ世界からTS転生したアビーがいた。

古代魔法文明の生き残りアンデッドであるクルトと、なにやら魔法談義に興じている。

「二人とも、ベルが戻ってきたよ」

「ただいまです、みなさん!」

コウタとベルの声に、二人が顔を上げる。

アビーは笑顔を浮かべて、クルトはすこんと顎《あご》が外れた。顎骨《あごぼね》が落ちた。

クルトが大岩を担いだベルを見るのは二度目だ。

一〇〇トンは超えるだろう大岩を背負って駆け寄る荷運び人《ポーター》の姿を見て、クルトは思わずつぶやく。

「何度見ても信じられぬ………我、よく生き残れたなあ。死んでるけど」

ベル本人が言うには、『荷運び人《ポーター》は戦えない』らしいのだが。

モンスターどころか獣が苦手だし。だが【解体】がアンデッド特効な分、クルトが安心できる要素はない。

「それで、どうだったベル？　魔石は売れた？」

「はいっ！　これが明細です！」

「おー、あれだけありゃそれなりの額になるもんだな」

「小さな魔石は使い道が多いから、たくさん仕入れられて嬉《うれ》しいって言ってました！」

「んじゃその商人はよその街や村に捌《さば》くルートも持ってんのかも。よしよし」

「どうかなアビー？　開拓の資金源になりそう？」

「お屋敷や要塞《ようさい》を建てるわけじゃねえんだ、充分だろ」

「よかったー。……そういえば、魔石って何に使うの？」

「カァー。……カァ？」

コウタの質問を聞いたカークがしょんぼりと視線を落とす。知らないで売ったのかよ！　とでも言いたいのか。もっとも、そのあとすぐに問いを重ねたようだが。カークも知らないらしい。賢くともカラスなので。

街から前ってきたベルは、さっそく二人と一羽と一体を前に報告をはじめる。

手渡された明細を確認するアビー、首をかしげるコウタとカークをよそに、ベルは大岩から荷を下ろしはじめた。報告のはずなのに。

まあ、購入物のチェックも必要なことだ。

決して「荷運び人《ポーター》は運んだあとのことは知らない」わけではあるまい。

ベルもまた、村づくりのメンバーなのだ。

「ふむ、魔石の使い道は我も気になるところである。インディジナ魔導国では燃料代わりに使うことが多かったが……」

「その辺は変わらねえんじゃねえか？　魔石はだいたい、こういう魔道具に使うんだ。ほれ」

「おー、光った！」

「カアカア、カアッ！」

「明かりを灯《とも》す魔道具だ。魔道具の中じゃ一番普及してるかもしれねえ」

「へえええええ」

「ほうほう、現代ではこのような魔法式を使うのか。ふむ、興味深い」

「カアー」

ベルが何気なく置いたカンテラをいじって、アビーが明かりをつけた。

わかりやすい「魔石の使い道」にコウタは興味津々だ。クルトも興味津々だ。カークはうっとりしている。

魔石をエネルギー源としたカンテラは、二人と一羽と一体の顔をぼんやり照らす。

「こいつや点火の魔道具なんかはクズ魔石でも充分動く。だから商人が『たくさん仕入れられて嬉しい』って喜んだんだろ」

「……つまり、乾電池みたいな感じ？」

「おう、やっぱ元の世界を知ってる相手だと話が早いな！」

「カァー」

なるほど、とばかりにコウタが頷く。カークも頷く。クルトの目が爛々《らんらん》と輝く。『異世界の知識』だと察したらしい。

ベルは荷下ろしを続けている。マイペースか。

「おっ、スケルトンの装備も売れたんだな。思ったよりいい値がついてる」

「え？　あれ、けっこうボロかったような……」

「そのまま捨て値で売るか、鍛冶屋で直して安値で売るそうです！」

「けっきょく安いんだね」

「ははっ、買い取ってもらえただけ御の字だろ」

「この辺境では、武器も防具もどれだけあっても困らないって言ってました！」

「喜んでもらえたならよかった。じゃああのダンジョンは、思った通り資金源になりそうだね」

「おう！　ただ、ほんとにいいのかクルト？　一番下、五階層には立ち入らねえようにするけど……」

「かまわぬ。むしろ、我の手で処理して売却を願おうかと考えていたところだ。現代の魔法書や魔道具、金属やモンスター素材に興味があるゆえな」

「なんというか、うーん……」

「難しく考えんなってコータ！　クルトがいいって言ってんだ、ＯＫだろ！　ほら、ボスが雑魚モンスを狩るタイプのダンジョンがあってもおかしくねえって！」

クルトは【ダンジョンマスター】だ。

ダンジョンマスターだが、ダンジョンを荒らす侵入者の存在は許容できるらしい。

そもそも研究所にたまたまダンジョンがつながっただけであって、クルト自身に【ダンジョンマスター】の自覚はない。

ともあれ、クルトの許可は出た。

ダンジョンの素材が売れることも確認できた。

健康で穏やかな暮らしを目指す三人と一羽の村づくりは、開拓の資金源を得たようだ。


畑仕事、ベルが運んできた荷物の確認と整理、アビーの建築の手伝い。

ほどほどに忙しい一日を終えて、コウタはいつもの寝床で横になった。

寂しい一人寝、ではない。

「今日もお疲れさま、カーク」

「カァー」

この世界に来てから寝る時はカークが一緒だ。

添い寝――ではない。カークはカラスなので。オスだし。

「カアッ！」

「うん、今日もいろいろあったね。充実した一日だったと思う」

不出来な犬小屋っぽいコウタの家に、一人と一羽の声が響く。

コウタは精霊樹の根元のウロに半ば体を潜り込ませて、カークは小屋の屋根で丸くなっている。

普通であれば室内と屋外で話しづらいものだが、コウタが暮らすのは粗末なあばら屋――犬小屋――だ。

隙間《すきま》から、たがいの声が聞こえてくる。

ちなみに、ベルは大岩の中の小さな空間で、アビーは野営用のテントで寝ていた。クルトはダンジョン内だ。

クルトに魔法を教わったアビーは着々と建築を進めている。

が、精霊樹のまわりにきちんとした家はまだできていない。

「明日は畑の手入れをして……アビーを手伝おうかな」

「カァ？」

「うん。石をレンガっぽいサイズに成形できるようになったから、今度はイケるだろうって」

「カァー！」

「そうだね。家を建てられるようになったら、村っぽくなるかなあ」

「カァ」

コウタとカークが小さな声で会話する。

通じ合っているかはともかくとして。

少なくとも、コウタが孤独を感じることはないだろう。

二年前、自室で動けなくなった時と違って。

一年前、ただぼんやりと日々を過ごしていた時と違って。

「明日。明日もがんばろう。健康で、穏やかな暮らしのために」

「カア？」

「はは、そうだね。いまでも健康で穏やかな暮らしを送れてる気はするけど……もう少し生活を充実させたいし……困ってる人がいたら、受け入れられるようにさ」

「カァ、カアカアッ！」

「ありがとう。もしそういう人を見かけたら、連れてきてくれていいからね。カークは【導き手】なんだから」

「カァ？」

「うん。いつもありがとう、カーク」

「カ、カァー」

「そうだね、おやすみカーク、また明日」

「カァ」

ぼそぼそと小声の会話が終わって。

コウタは目を閉じた。

明日の行動を整理して。

何の変哲もない明日を心待ちに。

モンスターのはびこる異世界で、健康で穏やかな明日を送るために。

コウタとカークがこの世界で目覚めてから三ヶ月が過ぎた。

精霊樹の根元、小さな湖のほとりは、徐々に人が暮らす集落っぽくなってきた。

もう少しすれば、建築に使える魔法を覚えたアビーの手により、三人の家が建つことだろう。

健康で穏やかな暮らしはまだ遠いが、一歩ずつ近づいていることは確かなようだ。


ちなみに。

異世界生活も三ヶ月が過ぎて四ヶ月目に入ったのに、コウタはいまだ人里に行っていない。

引きこもる場所が部屋から森になっただけなのかもしれない。

それでも、本人は楽しそうだ。【健康】だし。

書き下ろし短編 あるカラス？の一日

カークの朝は早い。

なにしろカラスなので。


夜が開ける前に起き出して、ぐーすか眠るコウタを起こさないよう小屋を出る。

静かに飛び立って、精霊樹の枝に止まる。

小さな声で「カァ」と鳴くのは精霊樹への挨拶なのか。

落ちてきた果実を三本目の足で受け止めて朝食を摂《と》るあたり、おねだりだったのかもしれない。

実を一つ食べ切ると、空はわずかに白んできた。

羽を広げて飛び立つ。

毎朝の日課である、なわばりの確認の時間である。


まずカークは、精霊樹の周辺を小さな半径で飛行する。

コウタと一緒にねぐらにしている掘っ立て小屋にも、すぐ横の広場にも異常はない。

アビーが泊まるテントも、ベルがいるはずの大岩も、静かに朝日を待っている。

「カァー。カアカァー」

よし、異常はないみたいだな、とでも言い残して——鳴き残して——カークは飛行半径を広げる。

拠点から少し離れた畑、小さな湖の上空。

カークの見まわり範囲は広がっていく。

モンスターの接近はないか、周辺で異常は起きていないか。

コウタたちに近づく危険をいち早く察知するために、カークは毎朝哨戒活動を行っていた。

寝ているコウタも、『逸脱賢者』のアビーも、この世界で生まれ育ったベルも、古代文明の生き残り魔導士クルトも知らない。

誰に知られずとも感謝されなくとも、カークは毎日、夜も明ける前から見まわりしていた。

健康で穏やかな暮らしのために。

×××××

カークが、いや、とあるカラスがその人間に気づいたのはなぜだったのか。

カラスらしく不吉な予感に導かれたのか、それとも死臭に近い臭《にお》いを感じ取ったのか。

ある日、何かに導かれるように、カラスはとあるアパートの狭い庭に降り立った。

クチバシ無沙汰に地面をほじっていると、ぼんやりと見られている気配がする。

ひょこっと顔をあげると、そこには人間がいた。

慌てるも、人間から敵意は感じない。

近距離でカラスを見かけたら、人間は嫌がるか追い払おうとするものなのに。

飛び立とうと広げた羽をたたむ。

窓枠に腰掛ける人間と、庭にたたずむカラス。

狭い庭を挟んでたがいを気にしあうことしばし。

人間は、建物の中に入っていった。

戻ってきた時、人間は小さなザルを手にしていた。

「食べる？」

急に声をかけられてカラスが飛び立つ。

隣家の屋根から見下ろすと、人間は庭の塀近くにザルを置いた。

気になったカラスがふたたび戻る。

中にはシリアルが入っていた。

ついばむ。

気に入ったのか、ついばむ速度が加速する。

「他人と接するの、いつ以来だろ」

「カァ？」

「あ、うん、人じゃないか」

力のない、かすれた声。

ぼんやりした口調。

カラスは首をかしげるも、またシリアルを貪《むさぼ》る作業に勤《いそ》しむ。

ザルが空になると、カラスは塀に飛び乗った。

「カァー」

「お礼を言ってるのかな？　こちらこそ、ありがとう」

「カァ」

「また来たら、あげるね」

人間の表情は変わらない。

「カアッ！」

カラスは一声鳴いて飛び立った。

「……餌付けはマズいんだろうけど」

特別な何かがあったわけではない。

それでもコウタは、ほかの人間と違って、カラスの存在を迷惑がることも、敵意を向けることもなかった。

これがコウタとカークの出会いである。

友達となり、のちに命を投げ出してでもかばって、異世界で相棒となる一人と一羽の。

×××××

カークの午前中は忙しい。

普通のカラスは満腹になったら休息に入るが、カークは特別なのだ。

早朝の見まわりから帰ってきたカークは、コウタやアビー、ベルと一緒にあらためて朝食を摂った。

飛行はエネルギーを使うのだ。

「カァー。カア」

「いつもの見まわりかな？　いってらっしゃい、カーク」

「おう、頼んだぞ！　モンスターを見かけたら無理しないで戻ってこいよ！」

「僕も今日、街に向かいます！　またあとで会いましょう！」

「カアッ！」

今度は三人に見送られてふたたび飛び立つ。

コウタたちが認識するところの『日課の見まわり』である。

樹冠を越えて高度を取る。

カークの漆黒の翼が朝の光に照らされる。

「カァー」

こっちに来てからもコウタはあいかわらずだな、などと鳴きながら、カークは絶黒の森の上空を飛ぶ。

湖よりも大きな半径で周回して、盆地全体を遠目に見ていく。

「カァ。カア？　ガァー」

上空を飛びながら、カークはカアカァと鳴いている。

まるで、クルトがうまいこと理想の女性創りに成功して、俺にも便利な体くれねえかな、けどそれじゃ飛べなくなるか、とでも言っているかのように。

カーク、一人になると独り言が増えるタイプのカラスらしい。独り言とは違うかもしれない。なにしろ言葉にできない。会えてよかったとか嬉《うれ》しくて嬉しくてとかそういうことではなく、カラスなので。

「カァー。カアッ！」

ぐるぐる飛ぶことしばし。

今日飛ぶ方向を定めたのだろう、カークは一直線に飛行する。

向かうのは西だ。

東には死の谷《デスバレー》があって、ベルと出会った。

南にはダンジョンがあって、クルトと遭遇した。

西、まだ見ぬ先に何があるのか。

スキル【導き手】を持つカークも知らない。

早朝から活動してきたカークは、疲れも見せず西へ行く。

最後に。

――コウタさんと出会ったことで異世界に来ることになりました。後悔はありませんか？

「カァー。カア、カアカァー、カア？　ガァー」

――なるほど、そうかもしれませんね。ありがとうございました。

数奇な運命をたどる一羽のカラス、カークは、そう語ってくれた。

【健康】チートでダメージ無効の俺、辺境を開拓しながらのんびりスローライフする

MFブックス

【健康】チートでダメージ無効の俺、辺境を開拓しながらのんびりスローライフする 1

2020年6月25日　初版第一刷発行

著者　坂東太郎
発行者　三坂泰二
発行　株式会社KADOKAWA
〒102-8177　東京都千代田区富士見2-13-3
0570-002-001（ナビダイヤル）
印刷・製本　株式会社廣済堂
ISBN 978-4-04-064717-3 C0093

企画　株式会社フロンティアワークス
担当編集　中村吉論（株式会社フロンティアワークス）
ブックデザイン　Pic/kel（鈴木佳成）
デザインフォーマット　ragtime
イラスト　鉄人桃子

本シリーズは「小説家になろう」（https://syosetu.com/）初出の作品を加筆の上書籍化したものです。

この作品はフィクションです。実在の人物・団体・事件・地名・名称等とは一切関係ありません。

MFブックス新シリーズ発売中!!
MFブックス
二度追放された魔術師は
魔術創造で最強に
〈ユニークメイカー〉
aileS/著
藻/イラスト
Story
莫大な魔力を持ちつつも、
なぜか魔術を発動させられないアル。
仲間から裏切られ窮地に陥った彼は、
『思い描いた魔術を作る』能力に目覚めて!?
異端の力を手に入れた最強魔術師の
リスタートファンタジー開幕!
炎の翼で
飛びまわる!
悪魔の手で
敵を拘束!
どんな魔術も
思うがままに!